大金塊

江戶川亂步

傅栩譯

三民

國家圖書館出版品預行編目資料

大金塊／江戶川亂步著；傅栩譯.——初版二刷.——
臺北市：三民，2021
面；　公分.——(少年偵探團)

ISBN 978-957-14-6645-3（平裝）

861.59　　108007444

少年偵探團
大金塊

作　　者	江戶川亂步
譯　　者	傅　栩
責任編輯	連玉佳
美術編輯	林佳玉
封面繪圖	徐　蓉
發 行 人	劉振強
出 版 者	三民書局股份有限公司
地　　址	臺北市復興北路 386 號 (復北門市)
	臺北市重慶南路一段 61 號 (重南門市)
電　　話	(02)25006600
網　　址	三民網路書店 https://www.sanmin.com.tw
出版日期	初版一刷 2019 年 6 月
	初版二刷 2021 年 8 月
書籍編號	S858860
I S B N	978-957-14-6645-3

※本書中文譯稿由上海九久讀書人文化實業有限公司授權使用

三民書局

目錄

—恐怖的一夜—

小學六年級的宮瀨不二夫，正孤零零地留在空蕩蕩的大宅子裡看家。

在東京西北面郊外的荻窪，有座光禿禿的山丘，宮瀨家的大宅子就坐落在那裡。這所大宅子是不二夫的伯父建的，不過這位伯父已經去世了，他既沒有妻子也沒有孩子，所以這所大宅子就歸不二夫的父親所有。一年多前，不二夫一家搬了進來。

伯父是個與眾不同的人。他一輩子都沒有娶妻，而且極少與人往來，總是一個人悶在自己建的大宅子裡，擺弄他的那些古董。他建的宅子自然也和他一樣與眾不同，透著一股古色古香的氣息。

這是一座水泥建築的二層別墅，共有十二間房，紅瓦屋頂的形狀複雜而奇特，看起來就像是座城堡。屋頂上還直直地立著一個方煙囪，連著屋內燒炭的壁爐，這玩意兒如今已經很少見了。這麼一來，宅子的外形看上去就更奇特了。

宅子裡的格局也很獨特。走廊彎彎曲曲的，房間裡的裝飾件件是精美的藝術品，不愧是喜歡古董的伯父精挑細選出來的。

特別是樓下寬敞的客廳，簡直像是一間美術館，擺滿了昂貴又精緻的物件。牆上的西洋名畫、出自海外名家之手設計的桌椅、波斯的地毯，樣樣是精美絕倫、價值連城的寶貝。

宮瀨不二夫就在這麼一座奢華大宅的臥室裡，鑽進了被窩。

父親因為公司的事情，必須在外面過一夜。於是不二夫只能一個人留在大宅子裡看家。雖然家裡的家庭教師和保姆也住在這宅子裡，但房間離得很遠，又都只是雇用的外人，並不能像父親在家時那樣，給他很多安全感。

至於他的母親，那位溫柔的女士於四年前不幸過世了，如今，宮瀨家就只剩下父親和不二夫了。

春夜已深，放在枕頭旁的座鐘指針已經過了十點。要是在平時，不二夫已經進入夢鄉了。可今夜，不知道為什麼，翻來覆去的就是睡不著。明明天氣不冷，卻總是覺得背脊發涼，又孤單又害怕。都上六年級了，可不能再這麼膽小了！不二夫默念著給自己鼓勵，可這一點兒也沒用。窗外有任何風吹草動，他就會立刻豎起耳朵，有些大驚小怪的。

都怪自己，上床之前就不該看書。那個故事裡有個可怕的西方怪盜，插畫上的怪盜面目猙獰，十分嚇人，想忘都忘不掉。闔上書，不二夫還是覺得那個可怕的怪盜彷佛下一秒就會從黑黑的窗戶外面偷偷爬進來，害怕得不得了。

窗戶被厚絨布窗簾遮得嚴嚴實實，看不見窗外的景象。實際上，玻璃窗外面是個大大的院子，有棵枝繁葉茂的大樹。說不定，就在那棵樹下，有個可疑的黑影，正躡手躡腳地朝窗戶這裡來呢！不二夫的腦海裡浮現出這樣一幅可怕的光景，整個人不由得都縮進了毛毯裡。

大房子空蕩蕩，靜悄悄，只有枕邊的座鐘在滴答、滴答地走著。一直聽著，竟覺得這滴答聲的節奏變得古怪起來，彷彿在低低地說著什麼似的，十分詭異。

不二夫緊緊閉上眼睛，強迫自己趕緊睡著。可是，眼睛雖然閉上了，卻沒有一絲睡意，忍不住胡思亂想起來。

「對了！剛才那個故事裡好像說，有一封盜賊的恐嚇信，不知怎麼飄進了密閉的房間裡。故事裡的那個小姐，不是和我一樣睡在自己床上嗎？那張白色信箋就這麼輕飄飄地落在了她的臉上。」

想到這裡，不二夫立刻覺得同樣的情景似乎馬上要發生在自己的身上，頓時脊背又是一陣發涼。不知是不是錯覺，他竟然感覺到一股微弱的氣流，彷彿從天花板上，有一片東西緩緩地飄了下來。

「哈哈，這怎麼可能呢。」

不二夫覺得自己的恐懼有些可笑，他猛地睜開了雙眼。

「喏，你瞧，這不是什麼都沒有嗎？」

他打算嘲笑自己愚蠢的想像。

然而，就在睜開眼睛望向天花板的瞬間，不二夫因為一陣巨大的恐懼，差點叫出了聲。

看！書裡的情節，就這麼在眼前變成了現實！一張白色的紙片，飄飄蕩蕩地從天花板朝不二夫的臉上飄落了下來。

不二夫甚至以為自己是在做夢。心裡的無聊想像就這麼分毫不差地在現實中發生，世上怎麼會有這麼詭異而不可思議的事情呢？

可這不是夢，也不是幻覺。白色的紙片拂過不二夫的臉頰，帶著一絲微風，然後輕輕地落在了毛毯上。

不二夫嚇得渾身僵硬，一動不動地盯著那張紙片看了好一會兒。可越是害怕，他越是想去確認一下那張紙上寫了什麼，不然就沒法安心。

「會不會跟故事裡說得一樣，是一封歹徒的恐嚇信？」

這麼一想，他全身就因為不可名狀的恐懼不住地冒起冷汗來。可他同時覺得要是不看個究竟，那不安的感覺更令人受不了。於是他下定決心，迅速從毯子裡伸出手來，抓起那張紙片，放到床頭燈下。

在燈下一照，他發現紙片上有一排類似鉛筆的字跡。

不二夫害怕極了，他一點也不想知道上面寫了什麼。儘管如此，他的目光仍然不由自主滑向那些文字。就這麼一下，他還是讀懂了那些內容。只見不二夫的臉上瞬間失去了血色。

這也難怪，畢竟紙上寫著如此可怕的一番話。

不二夫：

不管發生什麼，天亮之前你絕對不能離開你的床，也不能發出聲音，你只要閉著眼躺在那裡就行了。要是敢吵鬧，小心吃不完兜著走。要是害怕你就乖乖待著別動，只要你聽話，你就是安全的。明白了嗎？想活命，就乖乖躺著。

起初不二夫嚇壞了，讀完這段話也沒力氣思考，愣了老半天。然而，隨著逐漸冷靜下來，一連串疑問帶著一股說不出的詭異，闖進了他的腦海。

「這究竟是怎麼回事？為什麼要我待著不動？肯定會發生什麼令人坐立不安的怪事。究竟會發生什麼可怕的事啊……話說回來，這張紙條究竟是從哪裡掉下來的？天花板上根本就沒有縫隙，窗戶也是鎖著的呀……」

正想著，不二夫忽然注意到，屋子裡不知從哪裡吹進來一股涼風。

「咦？窗戶難道開著？」

他下意識地朝窗戶的方向望去，目光落到窗戶前厚厚的窗簾上，只看了一眼，不二夫那雙漂亮的眼睛就睜得似銅鈴般大，好像眼珠子都要掉出來了，小臉皺得跟什麼似的，眼看就要哭出來了。

天哪！你瞧！就在兩片窗簾相接的地方，居然伸出了一截手槍，槍口正一動不動地對著他呢！而且長長的窗簾底下，還露出了一雙長靴！

是壞蛋！壞蛋從窗戶外頭偷偷爬進來，躲在窗簾的後頭，拿槍威脅不二夫，要是敢亂動，就要打死他呢！那張紙條，肯定也是這個壞蛋扔過來的！

壞蛋屏著呼吸，一動不動，一聲不吭地站在那裡。既看不到他的臉，也看不到他的身形。只能從手槍、微微鼓起的窗簾和長靴來大概判斷他的位置。

就是看不到，才更讓人覺得恐怖。要真看見壞蛋長什麼樣子倒還好，就因為看不見，感覺就跟撞見了什麼鬼怪一樣，森森的涼意從心底油然而生。

在故事書裡寫著，那個被怪盜襲擊的小姐嚇得渾身發抖，牙根都咬不穩了。當讀到這一段的時候，不二夫還覺得奇怪：「什麼叫牙根都咬不穩呀？」這會兒，他終於懂了。這上牙和下牙，還真是合不攏，咬不住。全身上下都在不停地打顫，牙齒磨得咯咯作響，止也止不住。

不二夫只能很沒出息地一邊抖個不停，一邊縮在毯子裡，動彈不得。違抗歹徒的命令去求救，或是逃出房間什麼的，他是想都不敢想。要是他這麼做了，鐵定沒命。因為從兩片窗簾之間伸出來的手槍可是會發射子彈的。

這個房間是不二夫和父親共用的臥房，所以，他旁邊父親的床空空如也。靠枕頭邊的牆壁上，有一個呼叫家庭教師和保姆的按鈴。只要跑個兩三公尺，他就可以按下鈴叫人過來。

可是，不二夫就連走到按鈴旁邊也做不到。因為他要是下床，歹徒的手槍肯定會射擊。不二夫只能像這樣，感覺自己的魂魄都出了殼似的，蒙著眼睛，瑟瑟發抖。不一會兒，不知從哪裡傳來一陣奇怪的聲響。

噹啷噹啷，噹啷噹啷，似乎是桌椅被挪動的聲音，還能聽見敲打牆壁的聲音，感覺有人在走來走去。

「咦？是不是從客廳傳來的聲音？歹徒是不是潛入了客廳，企圖盜走那些珍貴的油畫和擺設啊？」那間寬敞豪華的客廳和臥室只有一牆之隔。在那間客廳裡，正如前面說的，擺放著無數精美的裝飾品。在這棟房子裡，歹徒會看中的，除了那些昂貴的寶貝，還能有什麼？

隔壁的動靜越來越大，聽上去簡直就像在大掃除或是搬家。恐怕是歹徒覺得，家庭教師和保姆的房間都隔得老遠，而不二夫又被槍口指著，所以沒人能奈何得了他吧。這幫歹徒在屋子裡翻箱倒櫃，為所欲為，好像這宅子裡沒人住似的。聽這動靜，歹徒不只一個人，恐怕得有兩三個。

動靜這麼大，恐怕不只畫作和擺設，椅子、桌子、地毯，他們肯定是打算像搬家似的，把值錢的東西統統搶走。說不定，門外還有歹徒們的大卡車接應呢。

不二夫一想到這裡，頓時覺得很對不起父親，心裡又慌又惱，可惜卻束手無策。在窗簾中間，那支手槍就那麼執著地瞄準他，動也不動，一點要離開的意思都沒有。那個一聲不吭的詭異怪人，就在窗簾的後面死死地盯著不二夫。

千奇百怪

這一個晚上是多麼的漫長！不二夫覺得簡直過了一個月。發生了這麼可怕的事，經歷了長時間的刺激，不二夫的心臟彷彿都麻痺了，整個人呆呆的，甚至懷疑自己下一秒就會失去意識。

舉著槍的怪人一整晚都站在窗簾後面，動都沒有動一下。於是，可憐的不二夫只能死死地盯著窗簾，徹夜未眠。

然而，這個無比漫長的夜晚還是過去了。終於，夜空開始一點點亮了起來，房間裡漸漸蒙上了一層模糊的白色，送牛奶的車從馬路上經過的聲音，還有納豆小販的吆喝聲，都傳了進來。

「啊！太好了！終於挨到早上了！可是，歹徒們肯定把客廳裡的東西一件不落地全偷走了。不過，唉，說真的，我只是個小孩子，什麼也做不了，太不甘心了！」

不二夫雖然覺得不甘心，但他還是鬆了口氣，朝窗簾那裡一看……啊！這傢伙到底有多麼執著，多麼厚顏無恥啊！他居然還一動不動地站在那裡，舉著槍，從窗簾下面探出長靴，一聲不吭地就這麼站著。

看見這一幕，不二夫嚇得脊背一涼，又把脖子縮進了毛毯裡。

這個怪人到底是想幹什麼？把隔壁客廳搞得鐺鐺直響的那群同夥明明早就走了，就他一個人一直留在這裡，到底是為了什麼呢？

外面似乎漸漸熱鬧了起來，微白的陽光從窗簾上方的縫隙裡透了進來。但是，因為窗簾布格外厚實，而窗外又有大樹遮擋，還是沒法透過窗簾看清歹徒的身影，只能從窗簾隆起的褶皺確認他的存在。

枕邊的座鐘已經指向了六點十分。沒過多久，家庭教師喜多村就該來叫不二夫起床了。

聽，走廊上已響起了腳步聲。是喜多村。那輕快的步伐一聽就是喜多村的。

不二夫一聽到腳步聲，沒覺得安心，倒先緊張了起來。「要是喜多村闖進來，窗簾後的傢伙肯定不會按兵不動的。要是他逃走了倒還好，可要是他忽然朝喜多村開上一槍的話，那可就出大事了。」

這麼一想，不二夫慌了神。

可那位蒙在鼓裡的家庭教師這時候已經到門口了，敲了兩下門，然後直接開門走進了臥室。

「喜多村，不行！不能進來！」

不二夫擔心家庭教師的安危，顧不上危險，脫口喊了出來。

「啊？少爺，你說什麼呢？」

喜多村嚇了一跳，在門口停住了，但眼尖的他，一瞬間就發現窗簾背後的人影。

「喂，是誰在那裡！」

別說逃了，喜多村竟然朝歹徒衝了過去。不二夫擔心喜多村，喜多村也害怕少爺出事，忘了自己的安危。

「喜多村，別去！」

不二夫立刻跳下床，從背後拉住家庭教師的手，想要拖住他。

然而，喜多村已經顧不得了，連明晃晃的槍口都視若無睹，朝窗簾一步步靠了過去。喜多村是個勇敢的小伙子，而且他還有柔道初段的證書，有點拳腳功夫。

「嘿！不出聲嗎？好你個小毛賊，哼！看你往哪裡逃！」喜多村英勇得像頭大狼狗，漲紅了臉破口大罵，緊接著猛撲過去，和窗簾撕扯在一起。

「小、小心！歹徒有槍！」

不二夫彷彿聽到了「砰」的一聲槍響，覺得下一秒喜多村就會倒在一片血泊之中，嚇得屏住了呼吸。

然而，槍聲並沒有響起，取而代之的是一陣劈劈啪啪的可怕聲音。咦？怎麼會這樣？家庭教師撲過去的時候力道太猛，竟然把窗簾後面的玻璃窗給打碎了！他順勢摔倒在地。

有好一會兒，喜多村和不二夫兩人丈二金剛摸不著頭腦，兩雙眼睛在屋子裡環顧了幾圈，這才注意到，因剛剛那一陣混亂而掀起的窗簾的梁上，一把手槍用繩子拴著，晃晃悠悠地掛在那裡。而窗簾的下面，還橫躺著兩只長靴。

不二夫見此情景，頓時滿臉通紅。一想到自己這一整晚就是被一把用繩子吊著的手槍和一雙長靴嚇得大氣都不敢喘一口，他羞得無地自容。

「什麼嘛！還以為是個人呢，結果只有一雙長靴，騙得我團團轉……少爺，這是您的鬼主意吧？」

喜多村的手指好像受了傷，他吮吸著手指，皺著眉頭瞪著不二夫。

「才不是呢！肯定是小偷幹的！」

不二夫依舊滿臉通紅，有些同情地望著家庭教師，把昨晚發生的事簡明扼要地講了一遍。

「啊？你說什麼？那，客廳裡的家具……」

「是啊，那麼大的動靜，肯定全都被他們給搬光了！」

「那得趕緊去看一下，少爺你也一塊兒來。」

穿著大學生制服的喜多村和一身睡衣的不二夫，穿過還很昏暗的走廊，快步朝客廳走去。

客廳的入口處，兩扇左右開的雕花大門緊閉著。兩人都有點兒膽怯，站在門口對望了一陣。終於，喜多村把心一橫，默默地把大門開了一條縫，從門縫中小心翼翼地朝屋內望去。然而，喜多村望了一眼便回過頭來，一臉驚奇地看著不二夫：

「咦？少爺，這可奇怪了。你不會是做了場夢吧？」

「你說什麼？怎麼可能是做夢！我可是聽得一清二楚啊！你幹嘛一臉奇怪啊？」

「當然奇怪了，你自己看。客廳裡的東西不是一件都沒少嗎？」

「咦？是嗎？」

二人立刻進了客廳，拉開窗簾，環視著四周。

實在是太不可思議了。牆上的油畫、擺在暖爐置物架上的銀花瓶、銀製的座鐘……寶貝真是一件也沒少。椅子和桌子也擺放得和平時一樣，地毯也不像被掀開過。關鍵是，就連窗戶也沒有被人打開過的痕跡。

不二夫驚得目瞪口呆。明明昨天晚上動靜大得跟搬家似的，客廳裡的東西竟然連一點被挪動過的痕跡都沒有。總不會是鬧鬼了吧？

也有可能出事的不是客廳，而是其他房間。於是，二人把宅子裡的房間一間一間地走了一遍，發現全無異樣。之後，二人又回到客廳，一屁股癱坐在扶手椅上，一頭霧水，滿臉茫然地對望著彼此。

「怎麼可能是做夢啊！你瞧，真有這麼一封信落到了我的床上啊！這就是我沒做夢的證據。真的有一群歹徒偷偷進家裡來了！」

不二夫取出了昨晚的那封恐嚇信，遞給喜多村看。為了保留證據，不二夫小心地把它收在睡衣的口袋裡了。

「是啊，所以我也覺得怪得很。少爺，我看這件事情很蹊蹺，簡直像是偵探小說裡寫的那些稀奇古怪的事件吶。」

「我剛剛一直在想，這恐怕得找來大偵探明智小五郎才能解決吧。」

不二夫清楚地記得大偵探的全名。他身著睡衣，煞有介事地叉著手，小聲地嘀咕。

那麼，各位讀者，你們覺得這個難以解釋、跟鬼故事似的事件，到底意味著什麼？

很明顯是有一群小偷進了宅子。然而，家裡的物件竟然一件都沒少。誰也想不到會有這麼莫名其妙的事情發生。會不會是不二夫和喜多村把某件丟失了的貴重物品看漏了呢？說不定，那是一件比客廳裡的裝飾品貴重百倍、千倍，讓人大吃一驚的重要物品呢？

—獅子的下巴—

不二夫和喜多村正琢磨著，這時外頭傳來了汽車的聲音，是不二夫的父親回來了。他乘坐一大早的車回到了家。

不二夫和喜多村趕緊奔到門前迎接。不二夫連歡迎父親回家都顧不上，就上氣不接下氣地把昨晚發生的怪事講了一遍。

他的父親宮瀨礦造今年四十歲，胖胖的臉頰，面色紅潤，留著精緻的鬍子，一看就是個精明能幹的企業家。他在一家大型貿易公司擔任總經理。

宮瀨先生聽了不二夫的話，不知為何，嚇了一大跳，立刻衝進客廳，仔仔細細地把裡面的物品查看了一遍。果然是一件也沒少。

「爸爸，您說這到底是怎麼一回事啊？我實在是想不通。」

「嗯，我也不知道是怎麼回事。不過，說不定……」

宮瀨先生臉上露出不二夫從來沒見過的擔憂神色，一直在思考著什麼。

「嗯？說不定什麼？」

「說不定，我們家最重要的東西被偷了。」

「最重要的東西，是什麼？」

「一份文件。」

「那我們就找找那份文件啊，看看是不是丟了。」

「問題是，爸爸也不知道那份文件放在哪裡呀。」

「啊？連爸爸都不知道？是您忘了？」

不二夫一臉奇怪，定定地看著父親的臉。

「不，我不是忘了，是從來就不知道。不過我知道，這份文件肯定是藏在這所房子的某個地方。建這所宅子的伯父沒告訴我藏文件的地方就去世了。他病得太急，也沒來得及留遺言。」

「那，這麼重要的東西，是不是藏在客廳裡的什麼地方？那幫小偷是不是翻箱倒櫃地把它找出來，然後偷走了？」

「看樣子只有這種可能了。鬧出這麼大的動靜，不可能什麼都沒偷走。」

之後，不管不二夫再問什麼，父親也不再回答了。一定是有什麼祕密，一個重大的祕密，甚至不能輕易讓還是小孩子的不二夫知道。一定是這樣。

宮瀨先生顯得憂心忡忡，一邊思索著，一邊在客廳裡走來走去，不一會兒，似乎想出了什麼好主意，一雙大手一拍，對一旁的家庭教師說道：

「我說，喜多村，你知道大偵探明智小五郎吧？」

「嗯，名字我聽過。剛才我還和少爺說起這個明智偵探呢。」

喜多村聽了明智的名字，高興地回答道。

「哦，不二夫也知道啊。不二夫，爸爸覺得這件莫名其妙的事情應該拜託那位明智偵探來解決。你覺得呢？」

「對，我也是這麼想的，明智先生一定能解開這個謎團的。」

不二夫興奮得兩眼發光，開心地望著父親。

「看樣子你很信任他。連你這樣的小學生都如此信任，他肯定是個很了不起的人。好，那我們就拜託他吧。喂，喜多村，你去查一下明智偵探事務所的電話號碼，請明智先生接電話，我親自和他說這件事。」

打完電話，明智小五郎接受了宮瀨先生的委託，立刻朝不二夫家趕來。

一個多小時後，明智小五郎像西方人一樣高高大大的身影出現在客廳裡。他此時正站在不二夫等人的面前，目光炯炯，鼻梁高挺，犀利的面容看上去機智過人，一頭鬈髮懶散蓬鬆，活像畫裡的古希臘勇士。

宮瀨先生請明智偵探坐下，正式地打過招呼後，將昨晚發生的事情原原本本地敘述了一遍。

「我明白了。費了這麼大的功夫卻什麼也沒偷，這絕不可能。我也認為，這個房間裡一定是少了什麼東西。接下來，我想馬上調查一下這個房間，麻煩你們讓我一個人在這裡待上一會兒，好嗎？」

明智微笑著，乾脆俐落地說道。

於是，宮瀨先生帶著不二夫和喜多村退出客廳，去別的房間，大約三十分鐘後，呼叫鈴聲響了起來，調查已經結束了。

宮瀨先生和不二夫急急忙忙跑回客廳，發現明智正拿著一張小紙條，一動不動地站在房間中央。

「您知道這是什麼嗎？這張紙條掉在那把長椅下面。我把這個房間每一個角落都查看了一遍，看來這幫歹徒確實狡猾，一點線索都沒讓我發現，只留下了這一枚小小的紙條。」

宮瀨先生接過紙條，細細查看，卻對它一點印象也沒有。

這是一枚長約五公分，寬約一公分的小紙條，上面寫著這樣一行奇怪的數字：

5＋3・13－2

「不二夫，這張紙條是你掉在這裡的吧？」

「不，不是我，字跡和我的完全不一樣。」

家庭教師也說毫不知情，把女僕們叫來詢問，也都回答說沒印象。

「既然大家都不知道，就只能認為這是昨晚那幫歹徒不小心落下的了。」

「有可能。但是，單憑一張小紙條，也找不出什麼和歹徒有關的線索呀。」

宮瀨先生興味索然地說道。可明智卻伸出修長的手指，擺弄著鬈曲的頭髮，意味深長地笑了笑。

「不，我可不這麼認為。如果這真是歹徒落下的，那上面寫的這一串數字就很可能有什麼含義。」

「這不是小學一年級學生都會的簡單加減法嗎？您說這一串數字，會有什麼含義呢？」

「好吧，請等等。五加三等於八，十三減二等於十一。八和十一再……啊，也許是這麼回事兒！」

似乎是想到了什麼，明智一邊說，一邊快步向房間一側的牆壁走了過去。

這面牆壁上嵌了一個燒木炭的舊式暖爐，暖爐上方的大理石置物架上，放了一座帶有純金雕飾的座鐘。

明智走到暖爐前，用雙手捧起座鐘，把鐘的背面和底部仔仔細細地查看了一遍，似乎並沒有什麼發現，有些失望地將它放回了原處。

「不是它，應該是別的什麼東西。八和十一，八和十一……」

明智神神祕祕的，嘴裡念著一些莫名其妙的話，又回到了屋子中間，認真地觀察著四周。

不二夫站在爸爸身後，仔細觀察著明智的一舉一動。一想到那個大名鼎鼎的偵探就在自己的面前，不二夫就興奮得起了一層雞皮疙瘩。

在屋子裡四下觀察了一陣，明智的目光又回到了暖爐上的置物架上。

「嗯，是它，一定是它。」

明智好像已經忘記了周圍的人，心無旁騖地嘀咕了一句，就快步跑到暖爐前面，就地蹲下身去，做出一些奇怪的動作。

那個大理石置物架被放置在一個木製的支架上，這個支架就像一個畫框，把暖爐框在裡面。支架和置物架的大理石板相接的部位上，刻著一連串圓形的浮雕。

不二夫曾經數過這些浮雕，知道這些圓形的浮雕一共有十三個。它們就像十三個倒扣的小碗一樣，橫向排列在一起。

明智開始來回數著這一串圓形浮雕，一會兒從左數，一會兒從右數，還跟擰螺絲似的把它們一個個地扭過來，扭過去，就像一個小孩子在惡作劇。

不過，看樣子進展並不十分順利，於是他停下手上的動作，一會兒歪著腦袋，手扶額頭靜靜思索，一會兒又盯著那張小紙條，口中念念有詞。突然，「啊，對了！」他自言自語道，隨後又開始擺弄起那些圓形浮雕了。片刻之後，他似乎終於看出了門道，站起身來，面對著其他幾人，笑瞇瞇地說道：

「我知道了，這裡有機關。接下來，這個房間的某個地方會發生一些奇怪的現象，請大家注意。」

說罷，他又一次在暖爐前蹲了下來，抓住從左邊數起的第五個圓形浮雕一點一點朝右轉動，接下來又抓住第十三個朝左轉動，這時，只聽到什麼地方發出「咔噠」一聲異響。

「啊，獅子的嘴巴張開了。爸爸，你快看哪！那邊柱子上的獅子，嘴巴張開了！」

不二夫最先發現這件事，並高聲喊了出來。隨著他的這一聲喊，一屋子的人都朝著不二夫所指的方向看去，那隻獅子果然張開了它的嘴巴。

在暖爐的那面牆上，有一個長約三十公分的凸出部分，看上去像個柱子，上面刻了一個青銅獅子頭，那是房間裡的一個裝飾。青銅獅子一直緊閉著的嘴竟突然大大地張開了。

「啊，那頭獅子的下巴裡有機關。」

宮瀨先生恍然大悟，喃喃自語道。

「是的，只要照著這張紙條上的數字轉動暖爐上的圓形浮雕，就能啟動牆壁後面的機關，打開獅子的嘴巴。當然，那頭獅子的口中便是隱藏祕密的地方了，而歹徒肯定是從那裡偷走了什麼重要的東西，畢竟他還特別準備了這麼一張寫了機關暗號的紙條。」

明智一邊說明，一邊快步走到獅子面前，踮起腳尖，把右手伸進了它張開的口中。

「裡面什麼都沒有。」

「哦，歹徒果然偷走了裡面的東西啊。」

宮瀨先生面色蒼白，萬分失落地嘆息道。

—貓眼石戒指—

過了一會兒，宮瀨先生似乎想起了什麼，便對明智偵探說有密事相商，支開了不二夫和喜多村，將房門關好，和偵探兩個人隔著桌子相對而坐。

「剛才我也和您說過，我對藏東西的地方是一無所知。但是我很清楚，在這所房子的某個地方，藏有一封重要的書信，是我過世的兄長藏的。

兄長過世，把這所房子留給我也有一年多了，這期間我每天都把這所房子的每個角落搜過一遍，卻始終沒找到藏祕密的地方。而您只花了短短一個小時，就把它找到了。您究竟是怎麼發現這個祕密的？」

宮瀨先生是打從心裡佩服，目不轉睛地望著明智的臉。

「不，我可不是靠自己解開謎題的，我靠的是這張紙條。一切都是這張紙條告訴我的。」

明智回答道，面上依然帶著微笑，絲毫沒有驕傲的神色。

「這我自然明白。我知道這張紙條是個線索，可您是怎麼注意到暖爐上的浮雕的？簡直像變戲法似的，在下愚鈍，實在是參不透其中奧妙。」

「其實也沒什麼大不了的。」明智看上去蠻不在乎。

「我一開始也完全想錯了，光顧著去做五加三得八，十三減二得十一的加減法了。於是我環顧整間屋子，想找找這裡有沒有什麼東西是八個，或者十一個的。這時候我注意到了那個座鐘，因為鐘面上刻著一到十二的數字。

我忽然想到，也許是把座鐘的指針撥到八點或是十一點的位置，就能打開隱藏祕密的地方。

可是，我仔細查看了那個座鐘，卻沒發現它有什麼機關。於是，我又站回屋子的中央，靜下心來，環視四周。而這一回，我發現了那個置物架下面的浮雕。

接著我試著移動那些圓形浮雕的第八個和第十一個，然而還是失敗了，浮雕紋絲不動。

我只得再一次端詳紙條，看著那些數字，我忽然冒出了另一個想法。

這個『+』和『−』的符號會不會不是指加法和減法，而是要告訴我別的信息呢？於是我試著不去做加減法，而是用原來的數字來嘗試，也就是用五和十三。

這時，我先嘗試動了動左數第五個浮雕，發現它似乎是活動的。我試著把它往右邊擰，居然擰動了。

說不定，這個五加三是轉三下的意思。這麼一想，我往右擰了三下，手上感覺到有輕微的阻力，浮雕停止了運動，固定在那裡了。

接著是左邊數第十三個浮雕。試了試，果然擰得動。但是得往左擰，不是往右。

到了這時，我終於弄懂紙條上的數字是什麼意思了。『+』是叫人往右擰的符號，而『−』與之相反，是叫人往左擰的符號。13−2，也就是說，把第十三個浮雕往左擰兩下就行了。

果不其然，那獅子的嘴就張開了。」

「原來是這樣啊。那張紙條上的數字，就和打開保險箱的密碼一樣啊。可話說回來，您竟然能注意到暖爐上裝飾用的浮雕，專家果真是不同於凡人啊。換了我們是肯定想不到的。」

宮瀨先生佩服得五體投地，對偵探的智慧大加讚賞。

「我雖然不知道獅子的嘴裡究竟含了什麼東西，但既然那些歹徒費這麼大功夫都要把它偷了去，可見它確實非同尋常。」

「不錯，那東西確實價值連城。」

宮瀨先生唯恐被人聽見似的，鄭重其事地耳語道。

「啊？價值連城？到底是一份什麼文件？」

就連見多識廣的明智偵探也震驚了。

「是一份暗碼，暗示著價值連城的金塊的隱藏地點。突然這麼跟您說，可能您不太理解，這件事背後有著很深的淵源。我希望您能從歹徒手中幫我奪回那份暗碼，現在我把這個沒有跟任何人說起過的祕密告訴您。其實是這麼一回事。

我的祖父名叫宮瀨重右衛門，在明治維新以前，曾是江戶一帶屈指可數的大富豪。重右衛門這個人，可以說是個膽小鬼吧。鬧維新的時候，他聽聞江戶會發生大規模的戰爭，想著像自己這樣的商人不知會遭遇什麼樣的變故，於是把攢下的一百多萬兩金銀財寶和其餘家產盡數變賣，全部換成了金塊，裝了幾百個箱子，埋到偏遠的深山裡。

剛才我說的金塊，其實就是一堆大小金幣，準確地說是大小金幣堆成的山。我的兄長一直叫它們『大金塊』。

那之後，重右衛門帶著一家老小，躲到山梨縣的一個小山村裡，後來就死在那裡。彌留之際，給他的兒子——也就是我的父親——留下了暗示宮瀨家族寶藏埋藏地點的暗碼。

重右衛門也和我的兄長一樣，死於急病，因此也沒來得及交代清楚。所以，雖說我的父親拿到了暗碼，卻沒能解開，只是把暗碼當作除了身家性命之外第二重要的東西，一直收藏著。

父親亡故後，這份暗碼就傳給了兄長。兄長和我來到東京，吃了很多苦頭，總算兩個人過得都還算不錯，可我這個兄長也是個怪人，他一有了些財產，就建了這麼一座奇特的別墅，不再和外人打交道，開始擺弄起古董來了。

我這個與眾不同的兄長唯恐如此重要的暗碼被盜，煞費苦心地想出了一個奇怪的主意。就是把寫了暗碼的紙條裁成兩半，我和兄長各拿一半，藏到一個祕密的地方。他的想法就是這麼稀奇古怪。

另外，宮瀨家有大金塊的消息，不知不覺間就傳開了，有人求我們高價出讓暗碼，甚至有一次兄長家裡還遭小偷，於是我們開始警覺到危險。

兄長說過，他費盡了心機，把他的那半張暗碼藏在這所別墅裡一個誰也不知道的地方。而且還說『我活著的時候，是不會告訴你藏暗碼的地方的。等我死了，我會在遺言裡交代你。』

然而一年多以前，兄長因為急病去世，等我趕到的時候，他已經停止了呼吸，沒來得及留下隻言片語，我最終也沒能得知他藏暗碼的地方。

因為曾聽他提過幾次，暗碼就在這房子裡，我便立即搬進兄長的家裡。整整一年，我找遍房子裡的每一個角落，卻怎麼都找不到隱藏那一半暗碼的地方。居然是在獅子的口中，真是意想不到。」

「這麼說，盜賊偷了暗碼，也沒什麼用了？」

明智注意到這一點，打斷了對方。

宮瀨先生忽然開心地笑了起來：

「哈哈哈……正是如此。就算他煞費苦心地偷到了那一半暗碼，也派不上什麼用場。因為另外的那一半暗碼，你瞧，一直由我貼身帶著呢。」

說著，宮瀨先生取下右手無名指上的一枚大戒指，遞到明智的面前。

「另一半就藏在這枚戒指裡面。這也不是我想出來的，是兄長的主意。這上面的寶石可以拆下來。」

逆時針一圈一圈地旋轉這顆貓眼石，石頭便脫離了底座，只見它的下面露出一個直徑三公釐、像水晶一般透明的小石頭，就鑲嵌在戒指上。

「就是它，祕密就在這顆米粒大小的玻璃珠上。把戒指拿到眼前，對著窗戶，往這顆玻璃珠裡面看，暗碼就在裡面。非常巧妙吧？我的兄長沒有把這半邊暗號直接給我，而是做成了米粒大小的照片，然後把它夾在兩個小小的凸鏡中間，做成了這個玻璃珠。本來這種微型照片用肉眼很難看清，但玻璃珠成了放大鏡，把它放大了。外國剪刀上經常嵌有這種玻璃珠，往裡能看見女明星的照片什麼的。這顆玻璃珠就是模仿那種工藝。兄長說有它就足夠了，所以就把那半張暗碼燒掉了。」

明智照宮瀨所說，將戒指上鑲嵌的玻璃珠拿到眼前，對著窗戶觀察。你猜怎麼了？就像用顯微鏡觀察事物似的，在這只有三公釐的玻璃珠裡，他竟然清清楚楚地看見下面這一行文字：

ししがえぼしをかぶるとき
からすのあたまの◢

「這全是平假名，看不出是什麼意思啊……」

◢這是一段用日文平假名寫成的文字。

「我已經看過無數次了，可以斷出句來。頭一句是『獅子戴上高帽子之時』，後一句是『烏鴉頭的』。反正除了這麼讀，應該沒有別的斷句方法了。我當然不知道是什麼意思，而且這只是暗碼的一半，如果不把兩段暗碼合起來，也沒辦法解開。」

「嗯……原來如此，『獅子戴上高帽子之時』啊。這句話還真奇怪。」

明智平日裡對解讀暗碼情有獨鍾，所以他一直盯著那個米粒大小的玻璃珠，專心致志地研究。

「獅子戴上高帽子」到底是什麼意思呢？戴高帽子的獅子，就連在畫上也從沒見過。況且，後面那句「烏鴉頭的」也令人費解。這暗號，讀來真是令人毛骨悚然。難不成埋藏在某個深山老林裡價值連城的金幣旁邊，有一隻戴高帽子的獅子和一隻巨型烏鴉，在一動不動地看守著嗎？

─電話裡的聲音─

宮瀨先生和明智偵探正討論著那不可思議的暗碼，只見家庭教師急急忙忙地闖了進來，通知自家主人，有一通電話找他。

「誰打來的？」

宮瀨先生轉過頭，有些不耐煩地朝家庭教師問道。

「說是不用說姓名您也知道。我問有什麼事，他只說是極其重要的事情，除非是您本人接聽，否則不便透露。」

「這倒怪了，總之先轉接到這部電話上來吧，我來問他。」

於是，宮瀨先生走到待客室一隅的一張小書桌前，拿起了電話聽筒。

「喂，我是宮瀨，您是哪位？」

他隨口問道，只聽聽筒中傳來一個異常嘶啞的聲音，十分詭異。

「您真是宮瀨先生嗎？不會有錯吧？」

「我就是宮瀨。請趕快說明您的意圖。您到底是哪位？」

宮瀨先生有些惱怒，口氣強硬了起來。

「啊，是嗎？那麼請您聽好。在下正是昨晚趁您不在時，到府上叨擾的人。呵呵呵……即使我不自報家門，您也清楚了吧？」

那話語字字驚悚，那笑聲毛骨悚然。天哪，怎麼會有這種事，小偷自己打電話來了！昨晚偷走半邊暗號的歹徒膽大包天，居然打電話上門了！

這一切太過突然，宮瀨先生一時想不出該如何應對，遲疑了一會兒。對方似乎有些焦急，又開口說道：

「喂，您可別掛斷電話喲，我可是有要緊事要跟您商量……看樣子，您是被嚇到了吧？呵呵呵……這也難怪。畢竟小偷自己打電話來，可不是常有的事兒。您不妨先聽我說，今天我打算和您談一筆買賣，絕對沒有動粗的意思。」

大偵探明智小五郎見宮瀨先生臉色大變，立刻走到電話旁，把耳朵湊近宮瀨先生手中的聽筒，仔細聽著聽筒裡對方微弱的說話聲。

宮瀨先生望著明智的臉，那眼神似乎在問：「我到底該怎麼辦？」偵探則用目光示意：「沒關係，你且聽對方到底怎麼說。」

「總而言之，您先說有什麼事吧。」

宮瀨先生無可奈何地回答道。於是那令人膽寒的嘶啞聲音便馬上說起了正事。

「想必您已經知道了，我昨晚為了得到您家代代相傳的暗碼而拜訪了貴府，然後我順利地得到了那半張暗碼，現在看來光有一半也沒什麼用。另一半，我想一定是被您藏到什麼地方了。我想買您手上的那另一半。

怎麼樣？願意做這個買賣嗎？我有的是錢。我就花兩千萬日元來買吧。就那麼一張小紙條，兩千萬日元您不覺得是個好價錢嗎？

暗碼的一半已經到了我手上，所以您手中的那另一半等同於一張廢紙。只有一半可解不開暗號。怎麼樣？我可是打算用兩千萬來買您手中的一張廢紙，賣不賣？」

瞧這如意算盤打得多響亮啊，他這是打算用區區兩千萬日元來收購價值連城的東西呀！

宮瀨先生與明智偵探稍作眼神交流，便回答說不賣。

「那麼，再多加兩千萬吧，我出四千萬，您就賣給我吧。怎麼，四千萬您嫌少？請您好好想想，這個暗碼可是您爺爺寫的，已經幾十年過去了。這麼多年，您家人不是沒能解開這個暗碼嗎？就算湊齊了暗碼，憑幾位的智商，恐怕也解不開吧。

一個解不開的暗碼，您收藏得再妥當，也沒有絲毫用處，不是嗎？更別說現在只剩半張了，對您來說，它簡直是一文不值。對這麼一張廢紙一樣的東西，我可是要花四千萬來收購，您就賣了吧，賣了它可是為您好啊。」

歹徒實在是太霸道了，宮瀨先生甚至覺得有些好笑，他也想好好捉弄對方一番。

「哈哈哈……不行不行，這個價錢我可不賣，而且我還想買回你偷走的那一半。如何？你有沒有意願把你的那一半賣給我呢？」

「呵呵呵，您跟我來這一手啊。好吧，我賣給您。不過我要價可有點貴。二十億，這二十億可是一分一毫也不能少。怎麼樣？您打算買嗎？呵呵呵……恐怕不會買吧。何況，您家裡根本就沒有二十億。所以還是您賣給我吧，不會讓您吃虧的。要是四千萬您不願意，我出六千萬。什麼？您還嫌少？那我就再加一點，一億日元。如何？一億日元，您賣還是不賣？」

歹徒就像是在開玩笑似的，一點一點抬高價錢。

「別再浪費口舌了，管你是一億還是三億，你以為我是會和小偷做交易的人嗎？你還是小心點兒，別被員警抓住了。如此重要的暗碼失竊，我可不會就此善罷甘休。」

宮瀨先生義正辭嚴地拒絕了歹徒的要求。

「哼哼，這就是您的最終答覆嗎？枉費我一番好意。如此一來，您可是會一無所有的。既然您不賣，那我不買就是了。敬酒不吃吃罰酒，下次我可能會採取一些更粗暴的手段，您還是小心點好。我會用盡我一切手段，把您手上的暗碼弄到手的，等著瞧吧。」

「你要是有本事就試試看吧，我這邊可是有大偵探坐鎮！他可是你們的剋星。」

「呵呵，您說大偵探？明智小五郎嗎？對我來說倒算是棋逢對手，就讓我和這個明智偵探用頭腦來一決高下吧。好了，您自己當心。從現在起，任何事都可能發生，到時候別哭喪著臉。對了，我還是提醒您一句，您別妄想查到我的地址，因為我用的是公共電話。」

到此，電話就切斷了。

一場戰鬥就此打響。

雖然還不知道小偷是何方神聖，但就衝著他敢厚顏無恥地往受害者家裡打電話，可以推斷他肯定是個膽量過人的惡棍。

那歹徒對宮瀨先生說「從現在起，任何事都可能發生，到時候別哭喪著臉」，這話聽上去是如此的自信，他究竟在預謀什麼可怕的計畫呢？

歹徒應該還沒有察覺，暗碼的另一半就藏在宮瀨先生的戒指裡。那麼，他究竟打算怎麼找到它呢？那個歹徒是不是另有一個更加精妙的計畫呢？

究竟是歹徒得逞，還是大偵探明智小五郎獲勝？看來，一場拼盡全力的頭腦大比拼就要開始了。

——替身少年——

「明智先生，真的沒問題嗎？我剛剛雖然說得那麼強硬，實則擔心得很。看來那傢伙對暗碼是垂涎已久了，簡直執著得可怕，不知道接下來還會使出什麼招數。一想到這個，我心裡就惴惴不安。明智先生，您有什麼妙計嗎？」

宮瀨先生面色蒼白，把希望寄託於大偵探機智的頭腦。

「我也正在思考。我想他還會再來的，畢竟不接近這棟房子，他就得不到暗碼的另一半嘛。

我們只要等他上門，然後找出他的藏身之所，把被偷走的暗碼奪回來就行了。不過，他是十分狡猾的，他要是來到這裡，肯定會瞄準我們疏忽大意之時，用意想不到的招數來個攻其不備。我們要小心謹慎，以防上了他的當。」

明智把手指戳進自己鬈曲的頭髮裡，靜靜地想了一會兒。緊接著好像想出了什麼主意似的，笑瞇瞇地說道：

「嗯！這個辦法不錯！宮瀨先生，我想出了一個好主意。這麼一來就沒問題了，不必擔心對方有所察覺。請借電話一用，我想把我的助手，一個叫小林的孩子叫到這裡來。」

宮瀨先生吃了一驚，愣愣地看著他，而明智這會兒已經拿起了電話，朝明智偵探事務所撥了過去。

「……小林嗎？我需要你馬上過來，宮瀨先生家，你知道吧？哦，還有，把那個化妝盒帶來。坐車來，要快。好，我等著你。」

等電話掛了，宮瀨先生十分詫異地問道：

「明智先生，您說的好主意到底是什麼主意？可以告訴我嗎？」

「是這麼回事。」

明智還是笑瞇瞇地，開始向他說明。

「如果歹徒為了實施他的計畫而再來這裡，我們就必須有所提防，而最好的辦法就是我住在這裡看著。可這樣一來，對方肯定會有所顧忌，也許就不來了。

就算我喬裝打扮，但畢竟家裡憑空多了一個人，像他那麼狡猾的人，肯定會起疑心的。再說，您剛才就不該把我的名字告訴那個歹徒。知道我介入了這個案子，他必定會更加小心。

所以，我一直在想，應該讓什麼人來代替我，於是想到我的助手小林。

我之所以找小林來，是有原因的。其實，從我剛到這所宅子的時候就注意到，您家的小少爺，是叫不二夫吧？看這孩子的身材和圓臉蛋，和我的助手小林長得挺像的。年紀嘛，應該是小林要大些，但小少爺身體壯碩，身高應該差不多。

於是，我冒出了個奇怪的想法，有點離譜，也許會讓您大吃一驚。我想讓小林做不二夫的替身，在這裡住上一段時間。」

聽了這一番話，果不其然，宮瀨先生的眼睛瞪得老大。

「什麼？不二夫的替身？那您到底打算怎麼做呢？」

「讓小林假扮成不二夫，住在不二夫的房間裡，晚上就睡在不二夫的床上。不過，總不能讓個替身天天到學校去上課，所以您乾脆謊稱他感冒了，在家休息。然後只要等那歹徒找上門來。小林雖然還是個孩子，但他的本事已經足以代替我了，他絕不會把事情搞砸的。」

「原來，您是這麼打算的啊。不過，真正的不二夫怎麼辦？有兩個不二夫，那不是很奇怪嗎？」

「真正的不二夫，我想就由我暫時照顧兩天吧。就讓他假扮成我的助手小林，住在我家裡。學校只能先暫時請幾天假了，不過，我會讓內人當他的老師，好好教他功課的。

至於為什麼一定要這麼大費周章，還有另一個原因。那就是我擔心，在不二夫的身上可能會發生什麼危險。

因為歹徒不知道您戒指的祕密，所以他沒法直接把暗碼偷到手。他一定會想法子讓您痛不欲生，直到您堅持不下去。

從這個角度想，不二夫最容易成為目標。綁架您的兒子，然後以他的人身安危作為籌碼，要求您交出另一半暗碼，這可是常見的把戲。我害怕歹徒會起歹心。剛剛那通電話裡的語氣，就讓我有這樣的感覺。」

「哦……原來是這樣，您這個主意實在有趣。這麼一來不二夫就安全了，而您的小助手住在我家，也不會遭到任何懷疑。原來如此，這可真是個妙計。」

宮瀨先生心裡十分地佩服。自己的獨生愛子不二夫要真是被綁架了，那可不得了。而明智偵探未雨綢繆地幫他避免了這件事，真是太讓人放心了。於是，宮瀨先生很高興地採納了明智的建議。

之後沒過多久，屋外傳來汽車的聲音，小林手裡提著個小小的箱子，由家庭教師領著進了宅子。

明智偵探把小林介紹給宮瀨先生，接過那個小箱子，稍微翻看一下裡面的東西後點了點頭，便啪地一聲關上了。

「宮瀨先生，這是我喬裝用的化裝箱，裡面裝有不少顏料和刷子之類的工具。」之後，明智讓人把另一個房間裡的不二夫叫過來，然後帶著他和小林一塊進了化妝間。

不二夫聽說要假扮成小林少年，不僅沒有不樂意，反而樂得手舞足蹈。一想到自己要扮成那個有名的小助手，到日本第一大偵探的事務所裡生活，他簡直開心壞了。

三十分鐘後，明智偵探帶著一左一右兩個偽裝好的少年回到了客廳。

「哦！這可真是！你是不二夫嗎？完全變成少年偵探了，還有小林，穿著這身小學生制服，簡直和不二夫一模一樣。明智先生，沒想到您的技術這麼到家，真是令人驚嘆。」

宮瀨先生心服口服，將兩個少年來回觀察比較。

之後，雙方將諸多事宜商量妥當，明智偵探留下徹底裝扮成不二夫的小林助手，帶著變身為少年偵探的不二夫離開了宮瀨家。緊跟著偵探走下門口石階的不二夫穿著中學生的長褲，像蘋果一般紅潤的臉頰上綻放出開心的笑容，不管怎麼看，都是大偵探的小助手。

好了，各位讀者，一個世間罕見的互換身分的妙計就這樣成功實施了。不過，明智偵探的想法到底是不是應驗了呢？歹徒到底會不會再來宮瀨家呢？他要是來，究竟會怎麼來，來幹什麼呢？

就在這天夜裡，扮作不二夫的小林向暫時成為自己父親的宮瀨先生道過晚安，便先上了床。可是陌生的房間，陌生的床褥，讓他難以合眼，一時半會兒也睡不著。

難以入睡的他安靜地望著窗戶，腦海中浮現出從明智先生那裡聽說的昨晚的事。嗯，槍口就是從那兩扇窗簾之間伸進來的吧。然後，歹徒的恐嚇信就是從這個天花板上飄落下來的吧。那個時候，不二夫究竟是什麼心情呢？想著這些，更是令他睡意全無。

窗簾不同於昨夜，稍微拉開了一點，所以能看到玻璃窗戶。而外面，已是如墨一般的黑暗。

忽然，他注意到在一片黑暗裡，有一個白乎乎的東西在動。那是一張人臉，頭戴一頂鴨舌帽，帽簷壓得低低的，看上去十分可疑。

小林一個激靈跳下床，朝著和窗戶相反方向的房門口跑過去，打開門，張口便叫出了家庭教師的名字：「喜多村先生！」

之後，家裡簡直像炸開了鍋似的，除了宮瀨先生，家庭教師、小林二人也拿著手電筒走到花園裡，找遍了發現可疑人影的地點附近，卻什麼也沒見著。看來是早就逃跑了吧。

明智偵探擔心的事情果然發生了。歹徒和預料的一樣，開始打起不二夫的主意。幸好，這個晚上最終什麼也沒發生，但照這樣看來，真不知歹徒會用什麼手段來綁架不二夫，不，應該是綁架假扮成不二夫的小林。

這種擔心在不久之後終究成了真。歹徒用極其不可思議的手段將小林給綁架了。

到底是什麼樣的手段呢？被歹徒綁架帶走的小林究竟會被帶到哪裡，又會遭遇些什麼呢？

——魔法長椅——

接下來的兩天，就這麼風平浪靜地過去了。到了第三天下午，宮瀨家的門口停了一輛大卡車，兩個工人模樣的男人扛著一個大箱子就往門裡進。家庭教師喜多村到門口一看，其中一個人看著手裡的一張單子說道：

「我們是大門西洋家具店的，我們把您訂購的長椅送上門來了。」

家庭教師雖然沒聽主人提起過有訂購這麼一張長椅，但他們以前也從這家叫做大門的店裡買過些椅子、桌子什麼的，彼此熟知。

「現在我家主人不在家，我什麼也沒聽說，所以不太清楚，這確實是我們家訂購的嗎？」

家庭教師和對方確認，那男人笑呵呵地說：

「肯定沒錯，是您家老爺親自上我們店裡訂做的。說是要放在少爺的房裡，所以就做得小了一點。」

說著，他揭開蓋在長椅上的白布，這把長椅看上去真是精美豪華。

「既然這樣，那你們先放下吧。不過就這麼放在門口也不行啊……」

聽他這麼一說，工人們又熱情地笑了起來：

「那我們就搬到少爺房裡去吧，也該給少爺看看才好啊。」

家庭教師沒多想，覺得這樣也好，便在前面引路，帶他們去不二夫的書房。那兩個男人很吃力地搬著沉重的長椅，跟在後頭。

扮作不二夫的小林見忽然搬進來一張巨大的長椅，嚇了一大跳。他想，一定是真正的不二夫求爸爸給自己買的，而他是替身，所以對這事毫不知情。於是，小林少年只能憑自己的想像，擺出開心的表情。

「少爺，您還喜歡吧？我們把它做得可結實了，您想怎麼用都成。您看放哪裡合適啊？」

這兩個工人表面上看不出來，還挺會討人歡心的。

於是，小林便和家庭教師喜多村開始商量起該把長椅放在哪裡。正在這時，門口不知是誰大喊大叫，只見女僕大驚失色地跑過來嚷道：

「喜多村先生，有個奇怪的醉漢跑進家裡來，賴著不走啦！您快來呀！」

看那女僕都快哭出來了，總不能坐視不理，於是有柔道初段實力的喜多村答了一句：「看我的！」便活動了一下肩膀，跟著女僕去了門口。

搬椅子的兩人目送他們離開，不知為什麼對視了一眼，咧開嘴笑了起來，緊接著，其中一人迅速關上門，然後站在門口堵著，為的是不讓任何人通過。而另一個，則趁小林不備，從背後朝他撲了過去。

小林大吃一驚，正要大聲喊叫，然而就這會兒工夫，一團手帕之類的東西便塞進了他的嘴裡，別說出聲了，連氣都喘不了了。

「好，我來抓著他，你快把他綁起來。」

從後面抱住小林的那人悄聲說道，於是站在門口的男人從口袋裡掏出一根長繩，迅速跑過來，三兩下就把小林亂抓亂踢的雙手雙腳綁得結結實實。

不用說，這兩個男人就是那個偷了半邊暗碼的歹徒的手下。他們扮作家具店的人，大搖大擺地闖進不二夫的房間，然後綁架小林，並不知道小林居然是個替身。

可是，這兩個人到底打算怎麼把小林從房間裡弄出去呢？門口有家庭教師和女僕在，就算要從後門逃走，可現在是大白天，外面肯定人來人往的，派出所裡還有員警守著。要這麼抬著一個綁了手腳的孩子，結果可想而知。

然而，歹徒們卻狡猾得可怕，想出的詭計令人意想不到，簡直就像是玩魔術。

這兩個男人用布把小林的嘴塞住，把他一圈一圈綁結實了，然後走到那張被抬進房間裡的長椅跟前，開始了一系列奇怪的舉動。

只見他們雙手抓住長椅上的墊子（用來坐的那種），用力往上一抬，令人意想不到的是，坐墊被整個抬了起來，下面居然有一個能躺得下一個人的空間。這就是這幫歹徒陰謀詭計的關鍵。

兩個男人不由分說地把小林塞進坐墊底下，然後重新蓋上墊子。這下，長椅又恢復了原狀，從外面看，一點也看不出來裡面居然藏了個人。

幹完這一切，兩個人相視一笑，又把長椅抬出了房間，吃力地朝門口走去。

家庭教師喜多村好不容易趕跑了醉漢，正準備返回不二夫的房間，卻見那兩個男人抬著好不容易搬進屋的長椅往外走，便詫異地問他們：

「咦？這是怎麼了？幹嘛要把它搬走？」

這時，走在前頭的男人尷尬地笑了起來，開口說道：

「嘿嘿嘿……真是非常抱歉，我們把單子上的內容給看錯了。保險起見，我們又確認了一下，單子上居然寫的是宮田。街區和街道都一樣，一不小心就看走了眼，把宮田給看成宮瀨了。嘿嘿嘿……」

瞧啊，多麼巧妙的藉口！見對方道歉的話說得真真切切，喜多村就這麼信了。

「什麼呀，鬧了半天是宮田先生的東西呀。我正覺得奇怪呢，主人怎麼會訂做了椅子也不告訴我一聲呢。宮田家就在我們家後頭啊。」

「這樣啊，嘿嘿嘿……平白無故打擾了你們，真是太抱歉了。」

兩個男人一邊不住地鞠躬，一邊把長椅搬出房子，裝進停在門前的卡車上，就這麼急匆匆地開走了。

接下來，卡車約莫開出去一百來公尺便停了下來，讓一個等在那裡的男人上了車，又加足馬力，飛奔而去了。

那個等在路邊的男人，就是剛才那個在宮瀨家門口大鬧一場的醉漢。沒想到，那個醉漢也是歹徒的手下。

也就是說，這個男人裝成醉漢把家庭教師和女僕引到門口，讓同夥趁機把小林綁起來，藏到長椅裡面，一切都是事先就算計好的。

哎呀呀，這下可糟了，光天化日下，歹徒們竟然當著女僕和家庭教師的面，就這麼把小林給綁架了！

話說，被藏進長椅裡的小林究竟會被帶到哪裡去？又會遭遇什麼可怕的事呢？

─地底的牢房─

雖說是堂堂大偵探的助手，但小林絲毫沒有料到歹徒的手下們會扮作家具店的人找上門來，因此疏忽大意，意外地中了他們的詭計。

他被關在長椅裡面。想叫，嘴裡被塞了東西，連氣都沒法兒喘；想掙扎，又被繩子勒得發疼，動彈不得。

明知道自己在家庭教師和女僕的眼皮底下被抬走，卻又沒法子告訴他們「我就在裡面」，小林在漆黑的椅子裡，心裡萬分不甘。

長椅被搬出宅子，隨後又被搬上卡車，整個過程小林都知道得一清二楚。

「我馬上要被帶到歹徒的藏身之處了。歹徒以為我就是不二夫，所以一定會拿我當人質，找宮瀨先生談判，要求他交出另一半暗碼。」

小林早就從明智偵探那裡詳細地了解情況，所以心裡很明白。不，還不只這些，他還接到命令，萬一要是被歹徒給綁架了，一定要把不二夫的角色扮演到底，再想方設法打探歹徒的祕密，要是時機合適，就把被偷走的那半邊暗碼給取回來。

「哈哈，這下可有意思了。這種時候才要努力轉動腦筋，立下些值得先生誇獎的功勞才行。小林助手，你要冷靜，不要害怕。不管歹徒有多少手下，都沒什麼好怕的。有明智先生做你堅實的後盾，要是真有什麼不測，先生一定會來救你的。」

小林在劇烈晃動的卡車裡這樣想著，期待著早點到達歹徒的藏身之處。經歷著這麼可怕的事，卻一點都不驚慌失措，真不愧是明智偵探的好助手。

大卡車朝著一個未知的方向全速奔馳了三十來分鐘，終於停了下來，長椅被卸下來，似乎被搬進一所房子。

「終於到了！」

小林想到這裡，閉上眼，安靜地思考起來。只聽見長椅被咚咚咚地搬上樓梯，但奇怪的是，不是往上，而是往下。

「咦？這是要去地下室？」

一想到要被帶到地下室裡，準備做得再充分，心裡還是有點發毛。

下了樓梯，又走了一段，咔嗒一聲，長椅被放了下來，墊子終於揭開，小林被粗暴地從椅子裡拉出來。

由於長時間被關在一片黑暗裡，忽然射入眼中的亮光十分刺眼。等看清楚了，他發現現在明明是白天，但屋子裡亮的卻是電燈的光。果然，這裡是某處的地底下。

「好了，小鬼，現在讓你稍微舒服點兒。反正在這地方，不管你怎麼哭怎麼鬧，都不會有人聽見。」

那兩個粗暴的男人說著，取下堵在小林嘴裡的布條，又解開纏繞在他全身上下的繩索。

「跟我來，首領說想看看你那可愛的小臉，他可等了老半天。」

說完，他們就拖著小林，往走廊走去。

想著終於要見到歹徒的首領了，小林的心還是怦怦地跳了起來。他努力讓自己鎮靜，刻意挺直腰板，擺出毫無畏懼的表情，可不能向敵人示弱。

「過來，進去！」

推開結實的大門，小林被帶進一間大約三十多平方公尺的寬敞地下室。牆壁和地板都是灰色的水泥，桌子和椅子豪華得讓人瞠目結舌。說這是首領的房間，確實令人信服。

進屋正對著的是一把安樂椅，一個奇怪的人悠閒地坐在上面。上身穿一件俄羅斯款式的黑絲絨襯衣，下身是黑色褲子，頭上套著一個黑絲絨面罩，一直遮到下巴，隱藏了容貌。

那個黑絲絨面罩上，在雙眼的位置開了兩個三角形的小洞，洞裡一雙鋒利的眼睛綻放著狡猾的光芒，乍看之下，像個一臉漆黑的魔鬼。

小林後來才知道，歹徒的首領是個謹慎多疑的人，即使在自己部下的面前，也從不以真面目示人，不管是見誰，都一定要戴著這個怪裡怪氣的黑絲絨面罩。

那兩個粗魯的男人先是恭敬地對首領施了一禮，說道：

「我們把宮瀨不二夫帶來了。」

他們押著小林坐在他面前。

「嗯，辛苦了。看來那把長椅上的機關挺管用啊，哈哈哈……」

蒙面首領看上去非常愉快，笑聲聽上去年輕而中氣十足。緊接著，他俯視小林，和和氣氣地對他說：

「不二夫，難為你了。一定嚇壞了吧？不過你不用擔心，我不會把你怎麼樣的，你只要在這個地下室裡待上一段時間就好。我和你爸爸有點事要商量商量，只要他點頭同意，你隨時都能回家。明白了嗎？呵呵呵……從今天起，你就是我的貴客了。哈哈哈……」

首領笑得得意洋洋。

小林心想，要是表情太過平靜，難免要惹人懷疑，於是想像著不二夫，露出又擔心又害怕的可憐表情，乖乖地垂著頭。

「明白了吧？乖，明白就好，在那邊為你準備了房間，去房間好好休息吧。」

首領說完給那兩個男人使了個眼色，於是其中一人抓過小林手上綁著的繩子，帶著他離開了。

出了首領的房間，在昏暗的走廊上走了一會兒，面前出現一排獸籠似的鐵柵欄。哦？這個地下室裡難道養著猛獸？小林正想著，只聽那男人說道：「過來，小子，這就是你的房間。怎麼樣，喜歡吧？嘿嘿嘿……這房間看起來挺舒服啊。」

男人毫不掩飾滿臉惡意，抓著小林手上的繩子，把他從鐵柵欄角落的一道小門一把推了進去。

這不是獸籠，而是地底的牢房。為小林準備的所謂客房，看來就是這個裝了鐵柵欄的牢房了。

男人把小林推進牢房，從口袋裡掏出鑰匙，把那扇小門咔嚓一聲鎖上。

「嘿嘿嘿……總之，你就在這裡好好休息吧，角落裡有草席。一日三餐會給你送過來的，你不用擔心。首領說了，可不能把你餓死了。」

男人在鐵柵欄外頭朝裡面看，喜滋滋地說道。

看上去，這個牢房是個只有四平方公尺左右的水泥房間，角落擺了一床臭烘烘髒兮兮的草墊子算是床鋪，其他的和關獅子老虎用的籠子毫無區別。小林就這麼坐在冰涼的水泥地上，一想到接下來只能住在這樣的地方，心裡暗暗叫苦。

「嘿嘿嘿……你怎麼不說話啊？是不是這個房間太豪華了，所以驚呆了啊？哈哈哈……不過，看你小小年紀，居然一聲都不哭，真是個好小子。要不然獎勵獎勵你，拿點東西給你吧，肚子餓不餓？要不要喝點水？」

男人就這麼逗弄著小林，臉貼在鐵柵欄上，一會兒瞪大眼睛，一會兒又咧開嘴做個鬼臉，玩得還挺開心。

小林看得一肚子火，拼命忍著不爆發。他心裡嘀咕：「你就等著瞧吧，總有一天要你好看！」不過，聽他這麼一說，雖然肚子還不太餓，但喉嚨倒是渴得冒煙了，便悶悶地說道：「我口渴了，我要喝牛奶。」

男人一聽，笑了出來：

「嘿嘿嘿……你終於開口說話了。要喝牛奶？還真是講究啊。好，乖，那我就拿牛奶來給你喝。」

說完，他起身不知上哪裡去了。不一會兒，他拿著裝了牛奶的杯子回來了。

「喏，這是你要的牛奶，放心喝吧，裡面沒毒。你可是我們寶貴的人質。」

接下來，趁小林喝牛奶的工夫，男人又在那裡扮鬼臉，開些奇怪的玩笑，逗弄了他好一陣。後來大概也膩了，仔細查看小門上的鎖後，就離開了。

小林看看手錶，還好，還在走，沒弄壞，已經是下午六點了。

「嗯，就趁現在好好睡一覺，到了夜裡再行動吧。你們等著瞧吧，我一定把你們這幫歹徒的祕密給查出來！」

這麼盤算著，小林躺在了角落裡的草墊子上。好在現在是春天，不是特別冷。

大膽的小林不一會兒就在硬邦邦的草墊子上睡熟了。又是被繩子綁，又是被塞進長椅裡，他可真是累壞了。等他睡足了八個小時，醒過來已經是夜裡兩點了。

—黑暗臺階—

「啊——睡飽了睡飽了！這下可有力氣幹活兒了。你們幾個歹徒，等著瞧吧！」

小林一邊自言自語，一邊笑著從草墊子上爬起來，然後從口袋裡摸出一根針似的東西，走近牢房鐵柵欄上的那扇小門。

小門上有一把巨大的鎖，沒有鑰匙就開不了門。

「哼哼，這種鎖算什麼，我可是拿著明智先生發明的萬能鑰匙。」

小林把手從鐵柵欄之間伸出去，把那根針似的東西插進鎖眼裡，咔咔地弄起來。不一會兒，神奇的事發生了，那把堅固的大鎖居然咔嚓一聲打開了。

這萬能鑰匙可真是神通廣大，只要有這麼一根針，不管是什麼樣的鎖，都能打開。明智偵探也不知是什麼時候發明出了這麼一件神奇的工具。不過，要是這萬能鑰匙的製作方法被小偷知道了，那就麻煩了。所以，這萬能鑰匙成了只有明智偵探和小林才知道的祕密，他們從來沒向人展示過，哪怕是最親密的人也不例外。

緊接著，順利從牢房裡逃出來的小林把小門照原樣關好，順著昏暗的走廊，躡手躡腳地朝歹徒房間走去。

「蒙面首領所在的房間，應該是這個方向。」

小林一邊思索著一邊在走廊裡前進，來到一扇門前。他停下腳步，豎起耳朵，聽見裡頭傳來響亮的鼾聲。

「哦，原來這間房是那些手下們的。」

想到白天這幫人那麼粗魯蠻橫，現在卻對他渾然不覺，小林不禁覺得好笑，都有點想偷看一下他們的睡臉了。

小林輕輕地擰了擰門把手，似乎沒上鎖，他順利地推開了門，把頭伸進去偷看。只見房間的正中央並排放著五張床，有五個大漢躺在上面，睡得正酣。

鼾聲最大的，就是白天把小林關進牢房還在外頭扮鬼臉的那個人。他每出一口氣嘴都翹得高高的，雙頰鼓鼓的。

見到他這副滑稽模樣，小林差點兒笑出聲來。

不過，光是看著這幾個手下睡覺也沒什麼用，小林的目標可是首領的房間，沒時間磨磨蹭蹭了，他正要關門，忽然看見門口附近的架子上放著一個手電筒。

「哦，這是個好東西，我借用一下。」

小林悄悄地拿下手電筒，然後關上門。雖然他口袋裡準備了「七件寶」之一的袖珍手電筒，不過既然拿到了更大支的，自然更方便。

接下來，他又沿著走廊走了一陣，經過兩個空房間，再下一間，總算是有點眼熟的首領房間了。

這間房也沒有上鎖，小林不費吹灰之力就進去了。但房間裡沒有光亮，漆黑一片。他蹲在房門口，屏住呼吸，靜靜地探查著周圍的情況。寬敞的房間裡靜悄悄的，死一般的沉寂，沒有任何動靜。

倘若房間裡有人，就算是睡著了，也應該有呼吸的聲音。既然連呼吸聲都聽不見，這屋裡恐怕沒人。

小林打定主意，啪地打開手電筒，整個房間一下子被照亮了。

果然，房間裡空無一人。歹徒的首領究竟去哪裡了呢？不過，仔細想想，這間房裡沒有床，所以他肯定不睡在這裡。首領的臥室一定在別處。

確認了房間裡沒人，小林膽子大了起來，用手電筒照著，在房間裡來回走動，仔仔細細地尋找可能藏著那張暗碼的地方，可惜一無所獲。除了沒有抽屜的桌子和椅子，屋子裡再沒別的東西了。

然而，當他在屋子裡來回走動的時候，忽然發生一件奇怪的事。小林嚇了一大跳，差點叫出聲音來。

那時，小林正一手拿著手電筒，一手摸著牆壁往前走，忽然，牆壁的一部分劇烈晃動起來，一眨眼的工夫，牆上就開了一個大洞。小林因為慣性朝洞中倒去，差點沒摔倒，仔細一看，這竟是一個通往隔壁房間的暗門。這道門和牆壁塗成一色，實在難以分辨。也許是牆上某處有一個打開這道門的機關，而小林剛好碰到它，就發現這個意想不到的祕密入口。

但是，萬一這個祕室裡有人的話，那可不得了。小林小心翼翼地拿手電筒照了過去，還好，房間裡也沒人。

這是一個五公尺見方的小房間，房間一角放了一張豪華的床，看來這裡應該就是首領的臥室了。只不過，床上空空如也。

首領果然不在家。小林正好趁此機會好好調查調查這個房間。這裡有些巨大的西洋櫃子，感覺暗碼應該就藏在裡面。

緊挨著床對面的牆壁，立著一個雕刻精美花紋的西洋櫃子。小林先是逐個查看這個櫃子的所有抽屜，有上了鎖的，可以用萬能鑰匙輕而易舉地撬開。小林把抽屜裡的東西翻了個遍，卻沒有發現類似暗碼的東西。這個大櫃子的下面，裝著兩扇高約八十公分可以左右拉開的櫃門。小林最後打開了這兩扇櫃門，朝裡望去。然而不可思議的是，裡面竟然是空的。這裡寬敞得都能藏得下一個人，但它就這麼空著，什麼也沒有。

「怪了，其他抽屜裡多少都放了些東西，這麼寬敞的地方卻什麼也不放，絕對有蹊蹺。」

小林下意識地歪著腦袋沉思起來。不愧是大偵探的助手，哪怕有一點點可疑之處，也一定要探個究竟。

於是，他鑽進這兩扇門裡，用手電筒照著查看內部的情況。他仔細一瞧，最裡面的木板沒有和櫃身緊密接合，似乎是鬆動的。

「這可更奇怪了。說不定，這裡又設置了另一條祕道。」

小林心怦怦直跳，再次仔細地查看一下四周，發現右邊木板的一角似乎有一個小小的按鈕狀的東西。

「啊，說不定就是它了。把它按下去，也許後面的木板就會打開了。」

於是他用力地按下按鈕。嘿，果然沒錯！後面的木板嗖地一聲沉了下去，對面竟出現一個空隙。從外面看，櫃子似乎緊貼著牆壁，其實牆體已經鑿穿，做了一條狹窄的通道。而在這個狹窄的空隙裡，立著一把鐵製的梯子。

「哦？這麼說，這條通道還是往上的囉？肯定能從這地下室爬到上面的建築物裡。好，我這就順著梯子爬上去看看。」

小林打定主意，鑽進那個狹小昏暗的空隙，攀著垂直的鐵梯爬了上去。

為防萬一，他關掉了手電筒，他感覺自己此時此刻就像身處礦山的洞窟中。

梯子的頂端會有什麼等著他呢？我們的小林會遭遇到什麼意想不到的危機呢？

─歹徒的真面目─

沿著漆黑狹窄的梯子往上爬了十二、三步，小林覺得頭頂碰到了像木板一樣的東西，沒法子再往上爬了。

「咦？奇怪，怎麼會被擋在這種地方呢？」

這麼想著，小林舉起手往頭頂上摸了摸，似乎頭頂便是上面房間的入口，有一塊厚厚的木板擋住了去路。

小林用力向上推了推，那木板似乎是活動的，順著推力被順利打開了。

之後小林才明白，這是一塊和街道上的下水道蓋子差不多大的圓形木板。也就是說，上面這間屋子的地板上開了這麼一個圓洞，而且蓋上一塊木板。

小林掀開蓋子，抬起頭往裡一瞧，頭頂的屋子裡也是黑漆漆的，不像有人的樣子。於是他放鬆警惕爬出洞口，再把木板蓋上，恢復原狀。

好吧，接下來才是最危險的時刻。要是不小心被歹徒發現了，誰也不知道會是什麼後果。

小林先是在這個漆黑的房間裡一點一點摸索，發現這是一個只有不到二平方公尺、像壁櫥一般狹小的屋子。這裡當然不會有人。

接著，小林總算安下心來，打開手電筒，環顧四周。這裡與其說是房間，不如說是一個壁櫥，或是置物櫃。裡面沒有放置任何東西，只有一面板壁上，掛著一堆奇怪的玩意兒。那似乎是一套黑色西服，用手摸摸，確實是成年人的衣物。

「咦？這不是俄式襯衫嗎？這到底是怎麼回事啊？」

所謂俄式襯衫，是指俄羅斯人穿的上衣。說起這俄式襯衫，小林好像想起了點什麼。他被抓到這裡，帶到歹徒首領面前的時候，首領穿的是什麼衣服來著？不就是這麼一件奇怪的俄式襯衫嗎？

不，不只如此。除了俄式襯衫，還有黑絲絨面罩。那個面罩也同樣掛在釘子上，就是那個從頭頂蓋到下巴，只在眼睛的地方開了三角形小洞的面罩。

「哼哼，那傢伙一路爬到這裡，才終於摘下面罩，換上普通的衣服啊。」

看來，那傢伙即使在自己手下面前也不露出真面目，的確是不假。說不定，他讓他的手下以為自己睡在下面放了床的房間裡，其實是每天晚上爬到這上頭來，在這裡睡覺。

真是個謹小慎微的傢伙，不只不在手下面前露出真面目，就連睡覺的地方也不讓他們知道。這個祕密的梯子，恐怕也沒讓他的手下們知道吧。

這麼看來，暗碼自然不會放在地下室了。一定是被他拿上來，藏在誰也不知道的房間裡了。」

小林一步步推理到這裡，不禁對這歹徒首領的老奸巨猾感到心裡發毛。歹徒到底是何方神聖？為何會小心謹慎到如此地步？

「話說回來，這房間一定有出口。」

小林一邊琢磨著一邊用手電筒照著四面的板壁，在其中一面的角落上，總算是看見了類似門的痕跡。他試著推了推那個地方，門似乎動了。

但是，光用手推似乎並不足以打開它，肯定在別處有開門的機關。

小林四處尋找著這樣的機關，直到發現頭頂上有一個很不起眼的小小按鈕。不過，這回可不能隨便去按它了。要是門外有人，發現了小林，那可就前功盡棄了。

到底是按，還是不按呢？小林猶豫不決，只得把耳朵貼在板壁上，偷聽著外面的動靜，可外面一片寂靜，什麼聲響也沒有。現在已經是半夜三點了，就算外面有人，應該也睡了。

「管他呢，乾脆按下去試試。要是被發現了，就趕緊逃跑，回到原來的牢房裡，裝傻充愣就行了。」

小林終於下定了決心。

他先用指尖觸摸按鈕的表面，關掉手電筒，然後手指一用力，按了下去。

緊接著，如他所料，板壁的一角像道門似的，吱呀一聲朝他這邊緩緩打開。

小林趕緊從縫隙裡觀察外面的情況。還是黑漆漆的，什麼也看不清，眼前好像有一塊布幕擋著。

他小心謹慎，不發出一點聲響，悄悄挪進外面的房間裡。但剛一進去，就覺得有軟綿綿的東西擋在自己面前。伸手去摸，發現面前垂著一幅厚厚的窗簾。

窗簾的後面似乎有燈光，縫隙間有亮光透了進來。

小林找到兩片窗簾接合的地方，偷偷揭開一公分左右的縫隙，窺視室內。

這房間實在是豪華得令人咋舌，雖然不大，但家具件件都精美華貴，光彩奪目。房間一頭擺著一個很大的梳妝臺，鏡子閃閃發亮，桌子上擺放著許多造型精緻的化妝品瓶子。

雍容華貴的長椅和扶手椅上盡是讓人眼前一亮的漂亮裝飾，地板上則鋪著鮮紅的絨毯。

最為搶眼的是正面的那張床。它比一般的床要大，美輪美奐，從天花板上垂下來的白色綢緞閃閃發亮，搭在床的三面，落在地上的影子看上去像富士山一樣。

這張華麗的床上躺著一個美麗的女人，面向小林，睡得十分香甜。

小林也拿不準，覺得這女人似乎三十歲上下，不是小姐，而更像一位夫人。

他原本覺得，這世上再沒有比明智先生的夫人更漂亮的人了。但在他眼前熟睡著的女人看上去似乎更美，簡直美若天仙。

小林覺得自己彷彿著了魔，腦子裡迷迷糊糊的。這到底是怎麼一回事啊？本以為歹徒的首領會出現在這房間裡，結果卻睡著一個如此美麗的女人，這一切簡直就像在做夢。

那個戴面罩穿俄式襯衫的男人，到底去哪裡了呢？小林注視著女人的臉，思考了很長時間。他想不通，覺得有什麼地方不太對勁。不一會兒，小林的腦海裡忽然冒出了一個奇怪的念頭：

「難不成……世上會有這樣的事嗎？」

那個念頭十分可怕，讓他禁不住渾身顫抖起來。

「有這個可能……嗯，肯定是這樣，否則這裡不可能會有祕密通道。

這個女人雖然長著一張如此美麗的臉龐，但她肯定知道這個祕密通道。她睡在這個房間裡，不可能毫不知情。

而且，歹徒為什麼在手下面前也不露出真面目呢？這裡面肯定有著很深的緣由。對，歹徒的首領，肯定就是這個女人！正因為是個女人，所以她才會如此小心，不以真面目示人。

這麼說來，首領的聲音聽上去好像也是經過偽裝的，似乎是把原本纖細的嗓音刻意弄粗了。

「嗯，睡在那裡的美麗的女人就是歹徒首領！」

小林想到這裡，頓時覺得像見了鬼一樣，一股不可名狀的恐懼感讓他的背上直冒冷汗。

歹徒要是個滿臉鬍子的大個子男人，他反而不會害怕。但一想到那個可怕的大惡人竟然是一個如此美麗的女人，實在是讓人從心底裡覺得恐怖。

他開始覺得，這女人雖美，卻一點也不溫柔善良。她的美麗顯得分外陰險狡詐，狠毒更在男人之上。

小林忽然想起一張西方女盜賊的照片。那個女盜賊雖長得美豔動人，卻用毒藥殺死了好幾個男人，喬裝易容，偷竊寶石，做盡壞事，最後被判了死刑。床上的這個女人的臉，和那個女盜賊倒有幾分相似。

越是盯著瞧，小林越覺得這個女人猙獰可怖。小林這下才知道，一張美麗的臉龐，竟會讓人如此害怕。

然而，陷入沉思的小林犯了一個極大的錯誤。他那隻拉著窗簾的手不知不覺地動了一下，掛窗簾的金屬扣發出了「叮」的一聲輕響。

小林猛地回過神來，把身子一縮，然而已經來不及了。因為這一點細微的響動，床上的女人一下子睜開了眼睛，吃驚地抬起頭，朝他望去。

兩個謎團

小林準備逃跑，心臟怦怦跳，他盡量縮小窗簾的間隙，繼續觀察對方的一舉一動。那個女人坐了起來，一雙炯炯有神的眼睛環視了房間一周，自言自語道：

「咦？難道剛才是在做夢？總覺得聽到了什麼奇怪的響聲……」

小林渾身僵硬得像塊石頭，大氣也不敢出，所以女人似乎並沒有注意到窗簾後面藏著一個人。

不過，女人似乎是放心不下，下了床走到另一邊的房門口，抓住門把手轉動了一下。看樣子，門應該是反鎖的，而且沒有被打開的跡象。

確認了這一點，女人似乎安心了，點了點頭，接著又急急忙忙跑到房間一頭靠牆的梳妝臺前，從一堆化妝品中拿出一個裝面霜的盒子，打開了蓋子。

小林還以為這大半夜的她竟然要化妝，於是吃驚地看著她，不料，那女人也不像是要化妝的樣子，把裝面霜的盒子重新蓋好，放回到梳妝臺上。這次，她又轉身朝小林藏身的窗簾方向慢慢地靠了過來。

看她臉上的表情，似乎是在說，儘管不可能會有人從祕密通道闖進來，但還是檢查一下為妙。

小林大驚失色，要是在這裡被發現了，他今晚所有的苦心就都白費了。

於是，他迅速而悄無聲息地鑽進了剛剛的小房間裡，然後輕輕關上那道暗門，搬起下水道蓋一樣的圓木板，順著鐵梯逃了下去。

接著，他靜靜地聽了一會兒上面的動靜，那個女人似乎只是拉開窗簾看了一下，並沒有進入小房間的跡象。

他僥幸沒被對方發現，成功逃脫了。

「看到這麼多東西，今晚已經很有收穫了。再磨蹭下去要是那幫傢伙起來了可就糟糕了，我得早點回到牢房裡去。」

小林急急地爬下鐵梯，回到地下室裡首領的房間。這一路上經過的每一道暗門，他都把它們關好，恢復原狀。

接下來，他又把手電筒放回部下們熟睡的房間，回到牢房裡，躺回草墊子鋪的床鋪上。

「嘿嘿，進展順利。我在這房子裡跑了那麼多地方，居然誰都沒發現，這幫歹徒還真是沒戒備啊。話說回來，首領居然是個女的，這可真是沒想到哇。那麼美的阿姨居然是歹徒，真是嚇了我一跳。」

小林就這麼平躺著，腦子裡一直在回想那個女首領的事，思緒漸漸集中到了一個關鍵點上。

「沒找到藏暗碼的地方真是遺憾，肯定是藏在那個女首領的臥室裡了……」

小林望著黑乎乎的天花板，靜靜地躺了一會兒。忽然，他的腦中猛地閃過一道光，冒出了一個非常棒的念頭。

「哦，對了！肯定沒錯！我知道了！我知道藏暗碼的地方了！真是個意想不到的地方啊。我當時居然沒有發覺，真是太不應該了！」

小林難掩心中的喜悅，不禁從草墊子上坐了起來。他懷著激動的心情，開始計畫怎麼奪回暗碼了。

「首領什麼時候不在，再潛入那個房間一次，把暗碼弄到手，再從這個地下室逃出去。要是我拿著暗碼毫髮無損地回到明智先生身邊，先生不知道要怎麼誇獎我呢！他肯定會滿面微笑地對我說真不愧是小林吧！」

一想到這裡，小林感到無比快活。

「且慢，要是把暗碼拿到手了，最終卻沒能逃出這間地下室，那就毫無意義了。

就算趁著夜深人靜，大家都在熟睡的時候逃出去，至少也有一個負責看門的人。

而且，雖然今天大家都睡得很熟，以至於我能暢通無阻，可到時候難免會發生什麼意外，吵醒其他的部下。要從這裡逃出去，還真有點麻煩。」

小林坐著盤起胳膊，又苦思冥想了起來。不一會兒，經過一番思索，一條妙計湧上了心頭，他又自言自語道：

「這辦法好！真是絕妙的一招！雖然我個子稍微矮了點，不過這有什麼關係？肯定能成功！我就在那些部下們的眼皮底下大搖大擺地溜出去，要是真成功了，那幫傢伙該有多震驚呀！啊哈哈，這下好玩了。」

小林小聲說著，一個人傻笑了起來，不久，又呼啦往下一躺，不知不覺便睡熟了。

掌握了暗碼的所在，也定好了逃脫的方法，他徹底安心了。

各位讀者，小林他到底是怎麼察覺到藏暗碼的地方的？還有，要從看門人的眼皮底下逃脫的方法，又是什麼呢？

──機智勇敢的少年偵探──

第二天，直到傍晚時分，都沒發生什麼特別的事。一日三餐都是前一天把小林關進牢房裡的多嘴男給他送來的。每次送飯，那個人都愛開些玩笑逗小林玩，而小林也開始接他的話頭，漸漸放鬆了下來。

到了傍晚六點多的時候，那人端著裝晚飯的盤子，來到鐵柵欄的外面。

「來，小子，給你帶好吃的來啦，你慢慢吃。」

男人拿鑰匙打開鐵牢的小門，把盤子遞進來，然後馬上把門關上，並上了鎖。

「哈哈哈，你這表情真逗，無聊啊？要是有本童話書就好了。不過不湊巧，我們這裡沒有。你呀，就吃點好吃的，將就將就吧。」

這個男人的話還是那麼多。

他對小林昨晚從牢裡逃出來的事情全然不知，還在這裡耀武揚威，小林一看見他這張臉就覺得可笑得不行。而且，昨晚這個人在那五個部下裡面，是鼾聲最大、睡得最死的一個。想起這事，小林差點沒笑噴出來。

這幫歹徒做夢也不會想到小林是明智偵探的小助手，全都把他當成了宮瀨不二夫，所以他可不能輕易笑出來，一定得裝出惴惴不安、十分害怕的樣子。

「叔叔。」

小林畏畏縮縮地叫了那個男人一聲。打從今天早晨起，他就一直想問一個問題，但又不能顯得自己臉皮太厚，所以一直忍到現在，估計時機差不多了，便開口問道。

「叔叔，你說，首領到底是誰？他是個什麼樣的人啊？」

小林若無其事地問道。

「是個恐怖的大叔吧，哈哈哈。說實話，我們也不清楚首領到底是個怎樣的人。他臉長什麼樣子，我一次也沒見過。不過，他是個好首領。雖然發起脾氣來時挺嚇人的，可我們只要辦事得力，他還是會給我們回報的。要不然，在這個陰暗的地窖裡，我一天都待不下去。」

小林一眼就看破了首領的真面目，而這個男人卻一無所知。雖然都是壞人，但這個傢伙腦袋挺遲鈍的吧。

「我說叔叔，這個地下室的入口，應該只有一個吧？」

小林膽子漸漸大了起來，又打聽起別的事。

「嗯，只有一個。把你抓進來時走的就是唯一的入口。」

「那裡是不是有人看守啊？」

「哈哈哈……你怎麼淨問些奇怪的問題啊？該不會是打算逃跑吧？哈哈哈……那可不行。當然有人看守了，在地下室的入口處，日夜都有個嚇人的叔叔睜大眼睛守著呢！要是你敢逃跑，他肯定讓你吃不完兜著走！你就別想這麼無聊的事情了。就算你想逃跑，這鐵柵欄能弄開嗎？哈哈哈……」

男人開心地笑著，一臉的無知。

小林昨晚確確實實打開了這鐵柵欄上的小門，從裡邊溜出來過。他手上可是有明智先生發明的萬能鑰匙，任何鎖都能輕鬆搞定。見這個男人對此一無所知，還笑得挺安心的，小林忍俊不禁。

「叔叔，那個首領整天都待在這裡嗎？是不是有時候也會出去？」

小林還是若無其事地問起了他最想知道的事。

「他當然會出門了。首領一整天都待在這裡可是鳳毛麟角的事。他有很多工作要做，忙著呢。今晚他也有事要出去。」

「他是戴著面罩出去嗎？」

「哈哈哈……你的問題還真多。晚上還戴著面罩出門，反而會令人起疑啊，當然是換上普通的裝束出門了。」

「那時候叔叔們不就能看見他的真面目了嗎？為什麼說沒見過他長什麼樣子啊？」

「可我們就是看不著。首領他是個魔術師，總是神不知鬼不覺地就離開了，不知道什麼時候又回來了。首領他還是喬裝的好手，聽說他總是扮成完全不同的樣子出門，我們一次也沒見過他長什麼樣子。」

「真奇怪。是不是在什麼地方有個祕密通道？首領會不會悄悄地從那裡進出啊？」

小林雖然對那個祕密通道已經一清二楚了，但他裝作不知情。

「對，我們也都這麼覺得。可這祕密通道到底在哪裡，我們誰也不知道。不管怎麼想，都覺得首領是個魔術師。」

「那首領今晚不在啊？」

男人以為對方是個小孩，便放鬆了警惕，把平日裡的想法全都說了出來。

「嗯，不在。回來應該是大半夜了吧，他總是這樣。」

這是小林最想確認的。

小林一聽，心想：「這下正好！」要奪回暗碼，就只能趁首領不在。他本來已經做好準備要在牢裡待上兩三天，沒想到，機會居然來得這麼早，真是再幸運不過了。

一想到今晚就可以逃離這裡，小林心裡簡直樂開了花。

那男人又說了好些玩笑話逗小林玩，而小林卻再也沒開口。那人覺得無聊，停止了絮叨，起身離開了。

「嗯，今晚終於要大顯身手了，我得好好把肚子填飽才行。」

於是小林端起男人送來的晚飯，吃得津津有味。這裡的菜還真挺不錯的，大塊的炸雞排塗上了厚厚的番茄醬，米飯更是超大份的，還配了杯紅茶。不一會兒工夫，小林就風捲殘雲似的，把飯菜吃個精光。

「既然他說首領是大半夜回來，那應該是十二點左右吧。在這之前我得做好充分的準備。不過要是過早動手，那些部下肯定還在這周圍走動，所以乾脆就等到十點半再說吧。」

這麼想著，小林看了看手錶，現在還不到七點，還得等上三個半小時。這時間是何等的漫長！看了無數次錶，感覺指針像沒走動似的。不過，這漫長的三個半小時總算是過去了，終於到了十點半。

「好，終於可以行動了，小林！一定要幹得漂亮些，可不能出岔錯，砸了明智先生的招牌！」

小林默念自己的名字，給自己打氣。

打開牢房鐵柵欄上的小門，已是輕車熟路了。

他拿出那把鋼絲一樣的萬能鑰匙撬開鎖，順順利利地出了牢門。

然後，他一邊豎起耳朵聽著周圍的動靜，一邊在昏暗的走廊裡悄無聲息地朝首領的房間前進。

因為途中會經過部下的房間，從門前經過的時候，必須特別小心。小林躡手躡腳地走近那扇門，聽見裡面的人們正高聲地談笑著，聲音大得屋外都能聽見。

瞧這個陣勢，應該不會有什麼問題，小林按下起伏的胸口，走過那道門，終於走進了首領的房間。

接下來的祕密通道就跟上文敘述的一樣，在此就不重複了。小林還是按照昨晚的路線，潛入了漂亮女首領的臥室。

如他所料，臥室裡空無一人。那張豪華的大床上，掛著雪白的綢緞，上面沒有一絲褶皺，整個房間收拾得非常整潔，飄著一股淡淡的香水味。

小林一進入那個房間，就徑直朝梳妝臺走過去，從一大堆化妝品中找到昨晚女首領拿在手中的面霜盒子，打開蓋子，把手指伸進滿滿的白色膏體裡。

咦？小林是不是腦子糊塗了？大半夜的摸進歹徒的臥室，難道要化個妝不成？

不，不是這麼回事。你瞧，他從裡面竟然掏出一個油紙小包！小心地打開那個油紙包，裡面有一張陳舊的紙條。

「啊！就是它！」

小林興奮得滿臉通紅，這張陳舊的紙條，正是宮瀨家的暗碼！是提示了價值連城的大金塊埋藏地點的暗碼！

好傢伙，這也太出人意料了！居然把這麼重要的暗碼塞進了化妝品的盒子裡。這主意真是高明。

小林從口袋裡掏出筆記本，小心翼翼地把暗碼夾在裡面，然後撕下筆記本的一頁，用鉛筆寫了封短信，再把筆記本收進衣服裡面的口袋，把短信放進外面的口袋裡。

緊接著，他把面霜的表面抹平，恢復原狀，再蓋上蓋子，放回原位，然後回到窗簾後面那間昏暗的小房間裡。

相信各位讀者都知道，這個房間裡掛著歹徒的面罩和俄式襯衫等衣物。小林也不知怎麼想的，把它們收到一塊，夾在腋下，然後抬起圓木板，順著鐵梯爬了下去。

下了鐵梯，便來到那個大大的西式櫃子裡。小林從櫃子裡爬出來，站在櫃子前，搞起奇怪的名堂。

他開始把俄式襯衫和褲子往自己的衣服外面套。穿上這身行頭之後，再把黑絲絨面罩套在腦袋上，平日裡活潑可愛的少年小林搖身一變，成了那個可怕的首領。

以小林的年紀來說，算長得高的，又因為歹徒的首領是個女人，個子比一般的男人要矮小一些，所以不管是俄式襯衫還是褲子，穿上都不會鬆鬆垮垮的，還挺合身。

這就是小林的妙計。他打算喬裝成首領，然後大搖大擺地從守衛面前走過去。

化身蒙面怪人之後，他把剛剛從筆記本上撕下來的那頁紙拿在手裡，走出首領的房間，沿著昏暗的走廊朝地下室的出口大步走去。

因為不太清楚出口究竟在哪裡，小林在走廊裡兜兜轉轉，途中遇到一個部下迎面走來，他故作鎮定，挺胸抬頭從他身邊走過，而那個部下還以為首領不知什麼時候回來了，還對他連連鞠躬呢。

「很好，很好。照這麼看，肯定能成功。」

小林越發得意起來，乾脆挺起胸膛，大步走了起來。

不一會兒，他找到地下室的出口。那裡用厚厚的門板封著，在門前的小房間裡，有一個大個子男人坐在椅子上看門，看上去非常強壯。

不過，小林面不改色地走到男人跟前，然後默默無言地把折了幾折的筆記本紙遞到男人的鼻子底下，擺出的架勢好像在說：

「我要出去，把門打開。」

看門人原以為首領不在，吃了一驚，不過他們的首領總是神出鬼沒，所以他也沒有多想，低頭行了個禮便把厚厚的門板吱呀一聲打開了。

小林心想這是最後一步了，就這麼走進門外的陰影裡，沿著水泥臺階往地上走去。

看門人目送著他的背影，關上門板，坐回椅子裡，這才把遞到自己手中的紙條打開——滿以為那是首領的命令書。借著昏暗的燈光逐字一讀，那看門人發出「啊！」的一聲驚叫，雙眼瞪得圓圓的，嘴張得老大，澈底傻了眼。

那張紙條上寫著下面這麼一段文字：

暗碼我拿回去了，我會把它還給真正的主人。謝謝你們請我吃了不少好吃的，後會有期。

明智偵探助手　小林芳雄

──大抓捕──

順利地騙過那幫歹徒，留下了一封讓首領大吃一驚的短信後，小林少年首先要辨的事，就是弄清楚這是一棟什麼建築，在什麼地方。

都怨這幫歹徒，小林被帶進地下室的時候，困在長椅裡，完全沒看見外面是什麼樣子。

順著地下室的樓梯跑上來，小林看了看四周，發現這裡是個院子，四周都有水泥牆，在地下室的正上方，建著一棟老舊的別墅。

小林沿著水泥牆往前跑，不一會兒就到了門口。正面的大門緊閉，偏門卻是開著的，於是小林順利地跑出了門外。

一出來，小林就借著門上的燈光，往門柱子上看。門牌上寫著「目黑區上目黑六丁目一一〇〇，今井清」，這是個女人的名字。

今井清這個名字，一定是那個漂亮的女首領的化名。她就是用這個溫柔儒雅的名字騙過世人的眼睛，在地下室裡蒙著面裝成男人，使喚一大群手下為她賣命。

她考慮得還真是周到。恐怕任何人都不會想到，這個美麗的女人居然是個大盜。

可小林沒空去細想這些。要是再磨磨蹭蹭，歹徒的手下會追上來的，所以他迅速記下門牌號，便離開了。

走了一會兒，小林就發現道路一旁出現一大片黑漆漆的野地。小林跑了進去，在黑暗中取下面罩，脫下身上的俄式襯衫，露出原來的衣服，恢復少年的姿態。

然後，他把面罩和俄式襯衫揉作一小團，夾在腋下，往熱鬧的街道跑去。

「無論如何，都得趕快將這件事通知明智先生才行，先生一定在擔心我呢。哦，剛好那裡有個公用電話，先打電話說一聲吧。」

小林腦中閃過這個念頭，跑進了路旁的公用電話亭。

「是小林嗎？你從哪裡打來的？咦？你成功逃出來了？暗碼也拿到手了？那太好了，真不愧是我的助手。我一直相信你會成功的，不過也十分擔心你。太好了，太好了！」

電話裡，明智先生的聲音聽上去有些急促。

小林把歹徒的首領是個女人、用今井清這個名字住在上目黑的一棟別墅裡等等情況簡明扼要地告訴明智先生，當他說到他給首領留下一封短信時，明智偵探的聲音裡添了幾分擔心。

「你該不會在那封短信上寫了自己的名字吧？」

「是啊，我寫了。我寫了明智偵探的助手小林。那幫傢伙都以為我是不二夫，所以我想讓他們吃上一驚。」

「糟糕！這下不妙了。你居然會做這麼有失水準的事，真不像你的作風啊。」

「為什麼？」小林不服氣地問道。

「一旦知道你是我的助手，歹徒肯定會有所防備，說不定會逃跑。我們好不容易找到他們的藏身之所，要是讓他們逃了，不就前功盡棄了嗎？」

小林聽他這麼一說，倒吸了一口冷氣。

真是太失策了。取回暗碼這件事根本沒必要讓歹徒知道，只要偷偷跑出來就行了。居然因為想在歹徒面前耍威風而留下一封短信，簡直是個大大的敗筆。

「先生，我太大意了。那現在怎麼辦？」

小林後悔不迭，說話的聲音都帶上哭腔了。

「那個女首領，在你逃出來的時候還沒有回去吧？」

「嗯，對。」

「那也許還來得及。我現在馬上打電話給警視廳，讓中村先生做好逮捕犯人的準備，你趕快回來吧。」

這個中村先生，是警視廳的搜查組長，和明智偵探的關係甚是親密。被先生訓了一頓，小林十分失落，但這畢竟是自己的失誤，也沒辦法。他在心裡暗暗發誓，這樣的失敗絕不能有第二次，想著便走出了公共電話亭。

已經是十一點半了，街道上人來人往，也有出租車。小林叫了一輛，向明智偵探事務所疾馳而去。

「先生，我這回捅了婁子，實在是太抱歉了。」

小林一走進明智先生的書房，便首先道了歉。

「沒事，你用不著這麼自責。就算讓歹徒跑了，你也拿到了暗碼，已經立了大功了。剛才是我的態度不大好，語氣重了，你不要太放在心上。」

先生還是這麼和藹。小林看著先生微笑的臉龐，鬆了一口氣，但先生的一番寬慰，卻讓他對自己的失策感到羞愧不已。

「這是暗碼，藏在梳妝臺上的面霜裡。」

小林從衣服裡面的口袋裡拿出筆記本，取出暗碼的紙條交到先生手裡，並匯報了暗碼得手的來龍去脈。

「嗯，幹得好，只用了一個晚上就找到暗道，發現歹徒的真面目，還留意到藏暗碼的面霜，只有你才能做得到。多謝，多謝。」

明智偵探雙手拍著小林的肩膀，親密地道謝。小林聽他這麼說，鼻子有些發酸。在他的心裡，只要是為了先生，赴湯蹈火也在所不辭。

「研究暗碼一事還是從長計議吧。」

明智偵探把暗碼紙條鎖進書房的保險箱。

「我剛才已經打電話告訴宮瀨先生你把暗碼奪回來了，宮瀨先生也非常高興。還有，我給中村警官打了電話，他說雖然是半夜，但這麼大的案子，他會馬上帶著部下去抓捕歹徒。去上目黑剛好要經過我們這裡，中村他們會順道過來一趟。」

「那我來給他們帶路。」

「嗯，交給你了。當然我也會一起去，但願別撲了個空。」

正說著，外面傳來停車的聲音，是中村組長一行人到了。除去中村組長，還有七名員警，開來兩輛警車，好一支嚴密有序的搜捕隊伍。

明智偵探和小林坐在前一輛車裡，負責帶路。兩輛警車疾馳在深夜的街道上，直奔上目黑。

—歹徒的留言—

到了上目黑，大隊人馬在離歹徒據點一百公尺以外的地方下了車，分散開來，沿著昏暗的街道朝那棟別墅前進。

大家在車上就已經商量好了，組長和明智偵探從正門、小林少年帶著五名員警從地下室進入敵人的據點，剩下兩名員警則負責看守別墅的正門和後門。

小林走在員警們的前頭，小心翼翼地沿著之前那道樓梯下到地下室門前，卻發現入口敞開著，守門人不見蹤影，不知去了哪裡。

「奇怪……」

小林心生疑問，一路往深處走去，來到那五個部下的臥室門前。可是那間屋子的門也是敞開著的，床上什麼都沒有。整間屋子就像搬過家似的，空空蕩蕩。

「好像一個人也沒有嘛。」

一個員警小聲說道，聽口氣有責怪小林的意思。

「嗯，可能逃走了。首領出門在外，也許還沒有回來呢。如果是這樣，我們守在這裡說不定能抓住她。」

小林小聲勸說員警，一行人終於走進那個有祕密通道的房間。

在漆黑狹窄的通道裡，由小林打頭陣，五個員警一個緊跟一個沿著鐵梯攀爬，沒多久就通過下水道似的洞口，來到地上的建築物中。

終於抵達了首領的臥室。把擋在面前的厚窗簾撥開一條縫往裡一瞄，啊！在那裡！她在那裡！那個漂亮的女首領居然毫不知情地正躺在床上呢！

正在這時，對面的房門被輕輕地打開了，有個人偷偷地潛進了首領的臥室。

小林心裡「咦」了一聲，靜觀其變，只見門完全打開了，出現在眼前的不是別人，正是明智偵探和中村組長。

兩人一進屋，馬上就發現躺在床上的女人，他們瞬間反應過來這就是女首領，彼此交換一下眼神，便大步地朝床邊走了過去。

見此情景，小林再也按捺不住了，他猛地拉開窗簾，衝進了房間。

此時此刻，從對面房門口進來的中村組長和明智偵探，以及從窗簾後進來的小林和五名，呈兩面夾擊之勢朝那張床逼近。

這個女盜賊的好運算是到頭了，不但兩面的出口被堵死，而且警方總共有八個人，一個弱女子肯定是無處可逃了。

組長用目光授意，一個員警一個箭步衝到床邊，那女人還是一動不動，雙眼緊閉，不知是醒著還是睡著了。

員警一把抓住女賊，把這個身穿睡袍的女人抱了起來，緊接著卻「咦」了一聲，忽然手一鬆，把她丟在床上。女賊發出咔嗒一聲怪響，就這麼倒在床上一動不動，像死人一般。

「這是假人，是蠟像！」

在場的所有人都大吃了一驚，靠近那個女人，仔細端詳「她」的臉。

果然不是個活人，只是製作實在是精美逼真，誰都沒有注意到竟然是個假人。

果然，歹徒看了小林的信，明白了一切，料到明智偵探會找到這裡來，便讓這麼一個假人代替她睡在這裡，讓大偵探跌破眼鏡。好一個反應敏捷、奸詐狡猾的傢伙！

「這假人手裡好像捏著一張紙條。」

員警取下塞在假人手裡的紙條，遞給明智偵探。這是女首領留給明智偵探的一封信。和小林一樣，女賊也留下了一封信。

信裡寫著一段令人脊背發涼的話：

明智先生：

這次算我輸了。您有一個不錯的小助手。我先暫時撤離這棟房子，不過我絕不會放棄宮瀨家的大金塊。有朝一日，我一定會把它們弄到手讓您瞧瞧。至於我會用什麼樣的手段，就請您先轉動腦筋，猜猜看吧。

—暗　碼—

第二天一早，明智偵探就帶著由他代為照看的不二夫來到宮瀨家。

主人宮瀨礦造先生已經獲悉暗碼的另一半到手，迫不及待地把明智迎進了客廳。

明智把小林被抓到歹徒據點之後發生的事情詳細地講了一遍。

「這麼一來，歹徒已經知道小林是不二夫的替身，再讓不二夫繼續待在我家也不是長久之計，所以今天我把他帶過來了。今後員警應該足以確保不二夫的安全，據說最近這段時間會在您家附近安排警力。」

「哎呀，真是勞您費心了。我也會增加家庭教師的人數，小心保護不二夫的。對了，暗碼您帶來了嗎？」

宮瀨先生最為在意的，是那一半暗碼。

「我帶來了，就是這個。」

明智從口袋裡掏出那張紙，放在桌上。

宮瀨先生急忙拿過去，反覆看了兩三遍，歪著腦袋一臉茫然地望著明智問道：「這到底是什麼意思呢？我完全摸不著頭緒。」

「我暫時也沒弄明白。我們先把它和你戒指裡的另一半暗碼連在一起，寫下來看看吧。」

明智說著，便用筆在桌面的白紙上把暗碼抄了下來。前面是藏在宮瀨先生戒指裡的那部分，後面是小林奪回來的那部分。

ししがえぼしをかぶるときからすのあたまの

うさぎは三十ねずみは六十いわとのおくをさぐるべし

「還是看不明白。該怎麼讀呢？」

宮瀨先生也湊過來看了看，詫異地說道：

「前面應該和我上次說的一樣，是『獅子戴上高帽子之時，烏鴉頭的』吧。這後面是不是應該讀成『兔子三十老鼠六十石門裡頭找寶貝』？要是連起來讀，就是『獅子戴上高帽子之時，烏鴉頭的兔子三十，老鼠六十，石門裡頭找寶貝』。

怎麼感覺像進了動物園似的？而且這個烏鴉頭的兔子，到底是個什麼動物呢？難道是個兔子身體烏鴉頭的怪物？」

「感覺像是魔法師的咒語。不過反覆讀上幾遍，我似乎開始明白它的意思了。首先，最後提到的『石門裡頭』，是不是指在某個地方有一個洞穴什麼的，入口被像門一樣的岩石給堵住了？這意思是不是說，要我們到那個洞穴裡去尋找呢？」

「原來如此，有道理。不過，這些動物還是讓人一頭霧水啊。兔子三十隻，老鼠六十隻……」

「不，只要好好想想，這個也能解釋。兔子和老鼠應該有什麼特別的意思。兔子換一個漢字是『卯』，而老鼠是『子』。這兩個都是天干十二支中的一支。所謂的天干十二支，就是子、丑、寅、卯、辰、巳、午、未、申、酉、戌、亥，也就是我們說的午年、酉年之類的。」

「哦，原來是這樣，也對。所以……」

「所以，我認為這兩種動物也許是指方向。」

「啊！對啊！您說得對，這是指方向！」

宮瀨先生好像發現了新大陸似的，面露喜色，望著明智的臉說道。

「卯應該是東邊，子應該是北邊。那麼，應該是往東三十、往北六十的意思吧。」

如果各位讀者的家裡有老式指南針的話，只要看看上面的刻度就會發現，除了東南西北，還分別用天干十二支標明了方位。照那上面標的，東邊就是卯，西邊就是酉，南邊就是午，而北邊就是子。

「那麼，這個三十和六十就是指長度了？」

「是的。因為是過去寫的，計量單位當然不是公尺，而是尺或者是『間』。要是用『間』算，六十『間』至少有一百公尺以上，感覺太長了點，所以應該是尺。因此，我想意思也許是說，朝卯所指的東邊走三十尺，再朝子所指的北邊走六十尺，就是那扇石門。」

明智一一破解著這一串令人費解的暗碼，宮瀨先生是欽佩不已。

「那麼，獅子和烏鴉又是什麼意思呢？這您也知道嗎？」

「是的，我心裡有數了。」

明智笑著回答道。

「這個有點麻煩，光想是想不明白的。我為了驗證它們的意思，借了登山家的名冊，給各地有名的登山家打電話、寫信，借用了他們的智慧。」

宮瀨先生聽他說到登山家，沒明白是怎麼回事。難道登山家會知道「戴高帽子的獅子」和「烏鴉頭的」是什麼意思嗎？

—戴高帽子的獅子—

宮瀨先生緊緊地盯著偵探的臉，看上去他迫不及待地想知道，明智究竟如何解開這段暗碼。

大偵探還是一如既往地微笑著，解釋道：

「這句裡有獅子和烏鴉兩種動物，還有高帽子。這三樣東西究竟意味著什麼，我想過很多種可能。

暗碼的後半部分就如我剛才所說，是往東三十尺，往北六十尺，表示的是方位。那麼，這個獅子和烏鴉多半就是指相對那個方位而言的原點。

我想，這個地方應該是在山裡。之後我琢磨著，山裡有沒有什麼獅子和烏鴉一類的東西。顯然，在日本的山裡沒有獅子，至於烏鴉，活著的烏鴉會到處飛，也不能當標誌，所以它們並不是真正的獅子和烏鴉。

我想了很久，忽然冒出了這麼一個念頭。

在比較深的山洞兩岸，經常有很多大塊的岩石。而當地的人會給那些大岩石起各種各樣的名稱，我想這個暗碼裡的高帽子和獅子說不定是大塊岩石的名字。像高帽子岩、獅子岩之類的名字，不是經常都能聽到嗎？我猜在山裡一定有高帽子形狀或是獅子頭形狀的大岩石。按照這個思路，這裡的烏鴉頭應該也是岩石的名字。雖然沒怎麼聽說過烏鴉岩之類的名字，但說不定在什麼地方就有這樣的名字。

也就是說，我們只要尋找高帽子岩、獅子岩和烏鴉岩齊聚於一處的地方就行了。光有一個高帽子岩或是獅子岩的地方肯定多不勝數，但有高帽子岩、獅子岩和烏鴉岩這三者湊在一起的山峰，我想應該沒幾座。

所以，只要找到有這三塊岩石的地方，就能知道您祖先藏金塊那座山的名字了。」

明智說到這裡，宮瀨先生終於心服口服地點頭讚許道：

「原來如此，我覺得您說得很有道理。這可真是有趣極了，那麼後來呢？」

他催促偵探往下講。

「於是，我借來登山協會成員的名冊，打電話和寫信給其中十位有名的登山家，問他們有沒有誰知道哪座山裡有這些岩石。」

「嗯，然後呢？」

宮瀨先生調整坐姿往前一湊，板凳發出咔嗒一聲。

「不可思議的是，竟然沒有人知道這三座岩石湊在一起的山。」

「那就是弄錯了？」

「不，雖然山裡沒有，但有一個登山家說他知道一個島上有。那個人不只愛登山，還是個經驗豐富的旅行家，他熟知日本的每一寸土地。」

「您說是一個島？」

「是的。對了，宮瀨先生，您那位埋藏金塊的祖父是東京人，這我已經了解了。不過他的祖先又是哪裡人呢？是不是三重縣人？」

明智這麼一問，宮瀨先生好像吃了一驚，回答道：

「對，確實如此。我的祖先確實是三重縣南部出身。您是怎麼知道的？」

「一定是那座島，錯不了。在三重縣南部的海域，有一個叫做岩屋島的小島，島上有高帽子岩、獅子岩和烏鴉岩三座巨大的岩石。在大神宮所在的宇治山田市還要往南，有一個叫做長島的地方，從那裡乘船在大浪裡航行八十公里，就能到達岩屋島。聽說那是一座周長只有四公里多的無人小島。這座島岩石很多，從遠處看就好像一張鬼怪的臉朝上漂浮在海面上一樣，那附近的人都叫它鬼島。還說那個島上以前住著鬼怪，都很害怕，漁夫也不敢撐船靠近那個地方。

您的祖父知道三重縣境內有這麼一座人們都不敢靠近的小島，所以用船把金塊從東京運到那裡，藏了起來。他讓人們誤以為寶藏是藏在山裡，其實卻是藏在海裡。」

「原來是這樣。將寶藏埋藏到祖先的土地上，可能性非常大。」

「就算您不知道，您的父輩應該會不時返鄉，也許他知道在岩屋島上有這麼三塊岩石。所以當時您的祖父判斷，這些暗碼別人看不懂，但你們家族的人應該會明白。」

「啊，您說得對，肯定是這樣。明智先生，謝謝您。我做夢都沒有想過，這麼複雜的暗碼居然能順利破解。現在，我很想去那座島上看一看。明智先生，您方便和我一起去嗎？」

多虧了明智偵探，這幾十年都沒能破解的謎團就這樣被成功解開了，這讓宮瀨先生欣喜若狂。

「嗯，我也想和您一起去。即便大致知道寶貝藏在岩屋島上，但暗碼還不算完全解開了。要是不上島調查一番，還是無法弄清事實的真相。」

宮瀨先生聽他這麼一說，這才注意到一點，皺著眉頭說：「哦，對了，我正想問您。獅子、高帽子和烏鴉是岩石的名字，這我已經知道了。但這獅子岩戴高帽子，又是怎麼回事呢？另外，就算知道是有三塊岩石，可到底得從哪一塊岩石往東丈量三十尺，這不依然是個謎嗎？」

「確實如此。關於這一點，我也還沒想明白。暗碼說當獅子戴上高帽子的時候，要從烏鴉岩的頭上往東測量三十尺，但獅子為什麼要戴高帽子，這我還不清楚。不管怎麼說，必須實地勘察那三座岩石，否則什麼都說不準。」

就算是大名鼎鼎的明智偵探，也弄不明白戴高帽子的獅子究竟是怎麼回事。這戴高帽子的獅子，彷彿是個漫畫中的形象。這個奇怪的組合散發著幾分詭異的氣息。想像一下，一頭巨大的獅子，戴著高帽子，在大海中的無人島上靜靜地潛伏著，你不覺得有些毛骨悚然嗎？

—鬼　島—

於是，兩個人相約一起去岩屋島。可宮瀨先生似乎有些不放心，說道：「我們不在的這段時間裡，那幫歹徒會不會趁機對不二夫下手呢？小林作為他的替身，偷走了暗碼，員警又襲擊了他們的據點，那幫歹徒一定迫不及待地想還以顏色。我們這時候要是外出，那幫傢伙會不會對不二夫圖謀不軌呢？」

「說得也是，很難保證不會發生這種事。不如把不二夫也帶去岩屋島，您看如何？我也帶上小林，這樣兩個孩子也有個伴。」

明智出了這麼個好主意。

接著，宮瀨先生把不二夫叫進客廳，將這件事告訴他。不二夫欣喜萬分：

「好，我沒問題。我會和小林一起當爸爸的好幫手！就叫鬼島探險隊吧？我最喜歡這樣的旅行了！」

「哈哈哈……鬼島探險隊這個名字好。那麼你和小林就是桃太郎囉？哈哈哈……好，那就帶你們去吧。」

宮瀨先生的興致也很高，決定帶上不二夫一起去。雖然不二夫才跟學校請了那麼久的假，這下子還得繼續請，但考慮到他有可能會被歹徒綁架，所以請假也是沒辦法的事。

就這樣，明智偵探、宮瀨先生、小林和不二夫四個人組成了鬼島探險隊。出發定在第二天夜裡。

明智和宮瀨先生穿上登山服，綁上綁腿，手拿登山杖，而小林和不二夫也在自己的褲子綁上綁腿，四個人都背上背包，為了不引人耳目，特地從品川車站上了火車。

四人在火車裡睡了一覺，第二天中午便到達了三重縣南端的長島町。這是一個海邊的漁民小鎮，到處飄著一股淡淡的魚腥味，附近的海岸傳來一陣陣海浪的轟鳴。

四個人走進鎮上唯一一間旅館，吃過午飯，明智偵探便叫來旅館的主人，問了很多關於岩屋島的事。

「哦，那座島人稱鬼島，在這一帶很有名。經常有客人會乘船出海參觀。」

「我聽說那個鬼島上有高帽子岩、獅子岩和烏鴉岩三座大岩石。」

「沒錯，確實是有。這些個岩石形狀奇特，其中一座看上去和高帽子一模一樣，另一座又很像獅子頭，還有那座名叫烏鴉岩的，看上去就像是隻烏鴉正張開大嘴嘎嘎叫似的。怎麼樣？要不要雇艘船去參觀參觀？小少爺們一定會很高興的。」

「那您幫忙雇一艘船吧。我們說不定會上島遊覽一陣子，您得跟船老大說，可能會耽擱到傍晚。」

聽明智這麼一說，旅館主人嚇了一跳，眼睛都瞪圓了，連連阻止道：

「什麼？上島？我奉勸各位還是算了吧。獅子岩和烏鴉岩在船上也能看得清清楚楚，就算上島，那島上只有些岩石，沒什麼可看的。而且，漁民們都很不願意讓自己的船停靠在那座島上……」

「您說漁民們不願意去，是有什麼原因嗎？」

「也沒什麼，都是些無聊的迷信。說是島上以前住著惡鬼，那個惡鬼的魂魄如今還留在島上徘徊，凡是登上那座島的人都會遇到可怕的事。哈哈哈……我們這裡的漁民，一個個都像小孩子似的，把迷信當真，所以……」

就因為這樣，雇船還真是件挺麻煩的事。最終出三倍的船錢，才總算說動了一個老漁夫，用帶發動機的老式木船把這一行人送去岩屋島。海岸邊有座用石塊堆砌而成的簡陋棧橋，四個人就是從那裡上船。船很小，正中間隔出一小塊地方鋪了草席，四個人坐上去擠得很。船尾裝了發動機，老漁夫並不搖槳，而是像個汽車司機似地操縱發動機。

隨著砰砰砰的巨大馬達聲，小船一點點駛離岸邊。雖然天氣不錯，沒什麼風，波平浪靜，但小船還是像秋千一樣，晃晃悠悠的。

向後望去，長島小鎮越來越小，而前方，則是一望無際的大海。

遠方的水平線從左到右無限延伸，形成一道弧線。望著那道水平線，似乎能清晰地感受到地球是一個球體。

「真是好風景啊！比鎌倉的海可美多了。小林，你看！汽船在那麼遠的地方，看上去就跟玩具一樣！」

「不二夫，喏，你快看下面！能看到海底呢！我從沒見過這麼漂亮的大海！哦，好像有很大的魚在游，是不是鯊魚呀？」

不二夫和小林這兩個小朋友經過長長的火車之旅，已經變得十分要好了。兩個人趴在船舷上，把手放進湛藍的海水裡，饒有興致地看著手指划過海面激起的一層一層細浪。

在海上行駛了大約二十分鐘，小船繞過一個海角，徹底駛出海灣，到了外海。

「啊！看那裡！快看那裡！你說那座島會不會就是鬼島啊？」

不二夫是第一個發現者，他連忙向漁夫問道。

「是啊，少爺，那就是鬼島啦！」

「哇！說這島就像一張鬼臉漂在海面上，原來是真的啊！那裡是犄角，那裡是鼻子，那裡是嘴巴……啊！嘴裡還露出獠牙呢！」

不二夫忘我地高聲嚷道。

「哦，確實是一張鬼臉，真是不可思議。」

宮瀨先生也抬起手掌架在額頭上，遠遠望著那座島嶼，感慨地說。

那確實是一座形狀奇特的小島。島上雖有為數不多的碧綠樹林，但大部分都是凹凸不平稜角分明的灰色岩石。這些岩石形態各異，歪歪扭扭地立在島上，整體看起來還真有點像鬼怪的臉。

「哎喲！浪變大了！」

不二夫站在船中央，身子搖搖晃晃，嘴裡嚷嚷著。出了海灣，浪湧得高了。放眼望去，岩屋島的四周都是白花花的浪頭，不住地翻滾拍打，好像要一口一口咬碎鬼怪的臉似的。

浪頭一個接一個打來，船頭一會兒揚起，一會兒下沉，發動機砰砰作響，推著小船在浪裡奮勇前進。隨著小船的行進，鬼臉似的岩屋島眼看著一點一點變大，朝這邊靠了過來。

「喂，獅子岩到底是哪一塊啊？」

不二夫問道。漁夫對著海島伸手一指，回答道：

「獅子岩還沒到，不過高帽子岩能瞧見啦。你看，那邊像犄角似的挺高的一塊石頭，就是高帽子岩了。」

聽他這麼一說，那塊岩石的形狀倒還真和古人戴的高帽子一模一樣。

「立在高帽子岩旁邊的那座稍矮一點像犄角的就是烏鴉岩了。瞧，看上去可不就像隻烏鴉嗎？」

果然，這塊岩石就像烏鴉的頭。像鳥喙一樣凸出的部分分成兩塊，看上去就像是烏鴉正在呱叫。

船和島離得越來越近，五十公尺、三十公尺、二十公尺……隨著距離拉近，一大堆奇形怪狀的岩石朝眼前壓了過來。

「客人，你們真的要上這個島嗎？」

漁夫老頭的目光在明智偵探和宮瀨先生之間來回掃了幾趟，試探性地問了一句。看樣子，他是在心裡盤算，如果可能的話，大伙兒還是原路返回算了。

「當然要上島了。我們不就是為此而來的嗎？」明智答道。

「我也是好心奉勸你們，不如算了吧。這座島已經很多年沒有人上去過了，島上可是藏著鬼怪的幽魂吶！要是帶著小少爺們上了岸，誰也沒辦法保證不會發生些什麼事呀。」

漁夫似乎是在想盡辦法拖延時間，哪怕一分鐘也好。他猛地降下小船的速度，認真地發表起意見。

「沒事，不會有問題的。這兩個孩子雖然個子不高，膽子可不小，不會因為鬼怪什麼的就大驚小怪的。總之，還是按照約定，你把船停靠在島邊吧。」

見明智說得堅決，老頭兒也沒辦法，只得駕著船朝岸邊靠過去。

說是靠岸，其實也沒有沙灘什麼的可供停靠，一船人穿過像隧道一般的岩洞，駛進一個被岩石包圍的池塘似的小海灣裡，一側的岸上有一級一級的岩石形成的石階，小船就在那裡靠了岸。

「我們準備在這島上遊玩一陣，你可以在這裡等著，要是不願意就先回去，差不多兩小時以後再來接我們就行了，你自己決定吧。」

聽明智這麼一說，漁夫老頭小聲嘟噥道：

「那我就先回去一趟再來接你們吧。我可不想一個人待在這種地方。」

說著趕緊掉轉船頭，原路返回。明明一把年紀了，居然還害怕什麼鬼怪。

「那個老爺爺膽子真小。瞧他大驚小怪的，好像馬上就會有個鬼怪冒出來似的。」不二夫笑話道。

「我們可是來鬼島上降妖除魔的桃太郎，鬼怪要真出來了，那才好玩呢。」小林接過他的話說道。

就這樣，四人組成的探險隊踩著石階，終於踏上了鬼島。

爬上小斷崖，眼前就是平地了。地上不是岩石而是泥土，周圍樹木繁茂，看上去是片森林。一行人踏著森林中不知多少年沒被人踩過的厚厚落葉，朝著高帽子岩的方向大步走去。

穿過森林，面前是一些碎岩。小林和不二夫手牽著手在岩石間跑了起來，然後在一道峭壁處猛地停下了腳步。兩人顯然吃驚不小。

「啊！就是它！那就是獅子岩！」

「對，就和神社裡的石獅子一樣！」

那是一張高達五公尺的獅子的臉。鬃毛倒豎，還長著耳朵。一雙眼睛鼓了出來，一張血盆大口氣勢洶洶。

一塊普通的岩石經過幾千年風雨的侵蝕，不知何時就成了這般模樣，令人頗覺不可思議。好一張獅子的臉，那麼的栩栩如生。走到近旁，就好像它會張開血盆大口一口把你吞下去似的。

諸位讀者，鬼島探險隊終於到達了目的地。不遠處有高帽子岩和烏鴉岩並排聳立，而眼前則是獅子岩昂首露出它猙獰的面容，三座岩石盡收眼底。

然而，到底該從這三座岩石的什麼位置開始丈量「向東三十尺」呢？每一座岩石都如此巨大，根本找不著它們的坐落點。明智偵探打算怎麼破解這個謎題呢？

—解開的謎題—

有那麼一陣子，四個人因為這三塊岩石太過壯觀，只顧愣愣地看著，差點連金塊的事都給忘了。後來，還是宮瀨先生想起了暗碼的事，問明智：

「這高帽子岩和獅子岩相隔差不多五十公尺，獅子到底要怎樣才能戴上高帽子呢？暗碼上說的『獅子戴上高帽子之時』，除非是發生大地震，否則這兩塊岩石怎麼也合不到一起呀！明智先生，您是怎麼看的？」

「我也正在思考這個問題。我想，這段暗碼的意思並不是說這座獅子岩要真的把高帽子岩戴在頭上，而是別有所指。我們還是再調查調查吧。」

足智多謀的明智偵探，也還沒能解開這個謎。

之後，四個人走在凹凸不平碎石遍地的路上，循著獅子岩、高帽子岩、烏鴉岩的順序，圍著這三座岩石前前後後查看了一番。靠近看，三座岩石都極為高大，得仰著頭看，雖然有些嚇人，但不二夫卻很開心，拉著小林攀到岩石頂上，對著下面的兩個大人連聲高呼：「萬歲！」

明智偵探把這幾塊岩石一個一個地仔細觀察了一陣子，也沒什麼收獲，四個人又回到獅子岩旁邊。

他們上島的時間大約是下午三點左右，繞著岩石來回走動，不知不覺時間就過去了，現在已過了五點。太陽貼近西邊的海面，越變越大，紅通通的。

不二夫又一次攀爬到獅子岩的頂上，一個人玩得很開心。忽然，他大聲地喊：

「哇——好漂亮！獅子的影子居然能拉那麼遠，都快搆到高帽子岩了。我的影子也變得好長啊！你們快看……」

他一邊喊一邊在獅子岩頂上朝下面招手，他的影子清清楚楚地投射在遠處的岩石壁上，不住地晃動。

正如不二夫所說，獅子岩的影子果然就快搆到高帽子岩了。站在下面的三個人聽不二夫這麼一說，都目不轉睛地望著那道影子，不一會兒，明智偵探好像忽然意識到了什麼，樂滋滋地對宮瀨先生說：

「宮瀨先生，我明白了。暗碼的謎解開了，這都是不二夫的功勞。」

「啊？我真是一點也不明白……」

宮瀨先生吃了一驚，注視著大偵探的臉。

「你們看，獅子岩的影子居然拉得那麼長，這不是馬上就要碰到高帽子岩了嗎？

要是太陽再低一點，影子還會更長，到時候獅子頭的影子不就正好在高帽子岩的下面嗎？這麼一來，獅子不就戴上高帽子了？暗碼的意思是指，獅子頭的影子投射在高帽子岩上，看上去正好像是戴了高帽子。」

「哦，原來如此。對，對，一定是這樣的。果然不來現場看一看，是弄不明白的呀。我一點也沒想到，原來說的是影子。不二夫，你可是立了個大功啊，你剛才隨隨便便的一句話，就讓明智先生解開了暗碼！」

宮瀨先生十分高興地朝岩石頂上的不二夫大聲喊道。

「快了，再等一會兒，就會出現獅子戴高帽子了。我們必須看清楚，那個時候烏鴉岩頭部的影子究竟朝著哪個方向。從它頭頂往東丈量三十尺，再向北丈量六十尺就行了。那個地方一定有像一道門一樣的岩石。」

正說著，太陽一點一點朝水平線靠近，獅子岩的影子越拉越長。

「來，你們到那個高帽子岩前面去，看著獅子戴上高帽子。我去烏鴉岩後面，看看烏鴉頭的影子到底指向哪裡。」

遵照明智的指示，宮瀨先生、不二夫和小林三個人朝高帽子岩跑過去，而明智則獨自一人往烏鴉岩的後面跑去。

不多會兒工夫，高帽子岩前面傳來了小林的高嗓門：

「先生，就是現在！獅子剛好戴上高帽子了！」

接著，離烏鴉岩很遠的地方，傳來了明智的應答：

「好，那大家都到這邊來吧！」

三個人連忙趕了過去，只見明智腳下踩著烏鴉岩的影子，微笑著站在那裡。

「來，小林，快從你的背包裡拿出捲尺，就從我現在站的這個地方往東丈量三十尺。」

小林俐落地掏出捲尺，明智把捲尺的一端牢牢踩在腳下，然後一邊看著錶帶上的指南針，一邊舉起右手，指出正東的方向。

小林照著他所指的方向，拉開捲尺走了幾步，剛好停在三十尺的地方。

「到這裡是三十尺。」

「好，你就站在那裡別動。」

明智說著，挪開踩著捲尺一端的腳，小林則是馬上轉動捲尺上的搖杆，把捲尺收回原樣。

明智快步走到小林站立的地方，再次踩住捲尺的一端，這一次他又指出正北的方向。於是，小林拉開捲尺，朝北邊一步步走過去，那邊也是坑坑窪窪的岩石路，忽然出現了一個陡坡，他順勢下到一塊像小山谷一樣的凹地裡。

「到這裡剛好六十尺。」

不一會兒，從凹地的底部傳來小林的聲音。

「那裡有什麼？」明智問道。

「有一個奇怪的洞穴。」小林答道。

三個人急急忙忙朝小林站立的地方走去，果然，在谷底的一塊岩壁上有一個大大的洞口。

由明智打頭陣，一行人進入洞穴，可才走了五公尺就走到頭了。

雖然是個很淺的洞穴，但深處因為不透光，非常昏暗，在眼睛適應黑暗以前，根本看不清都有些什麼。

明智在這個洞穴中四處查看，不一會兒，終於有了發現，他大聲喊道：

「啊，就是這個，就是它！宮瀨先生，我找到石門了。」

大家都吃了一驚，立刻朝他跑了過去。

「你們看，這塊大岩石就像個蓋子，把去洞穴深處的路給堵住了，這塊岩石其實是嵌在裡頭的。

暗碼裡的『石門』，應該就是指這塊岩石沒錯了。」

「原來是這樣，這麼說，這塊岩石的後面還有更深的洞穴囉？」

「我想是的。憑一個人的力氣恐怕很難搬動它，不過要是大家齊心協力，也許能搬得開，來試試看吧。」

於是四個人齊心協力，開始一點一點挪動那塊大岩石。

—可疑人影—

一行人花了差不多十分鐘，終於搬開那塊大岩石，果然，後面是個很深的洞穴。明智偵探從背包裡取出手電筒朝裡照去，只見洞內異常狹窄，只夠一人勉強通過，而且一直向內延伸，看不到盡頭。

「這個洞實在深得嚇人，肯定不是人挖出來的，應該是自然形成的。所以說，這裡面到底是什麼情形，根本無法預測。

小林，你的背包裡放了蠟燭吧？你把它拿出來點上火。要是洞穴裡有什麼危險氣體，那可不得了，我們把蠟燭舉在前面進去吧，要是氧氣不夠，火會熄滅。所以到地底深處探險的時候，大家都一定要帶著蠟燭。」

明智一邊跟兩個少年解釋，一邊接過小林點燃的蠟燭，帶頭走進漆黑的洞穴裡。第二個是小林，拿著先生給的手電筒，緊跟其後的是不二夫，宮瀨先生殿後。

洞穴蜿蜒崎嶇，漸漸變成一條下坡路，一直朝前延伸著。走了大概二十公尺，眼前的通道分成了兩條。

明智讓其餘三人原地等候，分別去兩邊的通道內探了探路，憂心忡忡地對宮瀨先生說：

「就這麼進去是很危險的。這個洞穴有好幾條歧路，就像迷宮一樣。要是往裡走得太深，回不來可就糟了。再說，太陽也快下山了，況且大家的肚子都餓了。我看我們先回旅館一趟，明天留充裕的時間再來探索比較好。我們還可以事先準備好足夠的乾糧。」

「嗯，我也是這麼想的，而且那個漁夫老頭肯定已經等得不耐煩了。話說回來，我們家祖上還真不是一般的小心謹慎啊。我原以為打開了石門就能馬上找到金塊了，沒想到裡面這麼深，還是個地底的迷宮，肯定困難重重。」

宮瀨先生驚嘆於祖先的用心良苦。

「說得沒錯。在當時，近百萬兩的黃金可是大數目，也難怪您的祖上會這樣小心加小心。」

明智答道。尋寶變得困難重重，他反而顯得很開心。

隨後，四人齊心協力把大岩石搬回原位，把洞穴的入口隱藏起來，然後回到停船的地方，那個漁夫老頭早就迫不及待了。四個人平平安安地回到了長島町。

四個人在旅館睡了一覺，第二天一大早，精神百倍地睜開了眼。一想到今天總算能把大金塊給拿到手，宮瀨先生自不必說，就連明智偵探和兩個少年也十分喜悅。

連續兩天去一個當地人都忌諱的鬼島上遊玩，難免會惹人懷疑，所以他們就謊稱在島上發現了稀有的礦石要去採集，懇求昨天的那個漁夫老頭幫忙，早上九點便從長島町的海岸出發。

今天他們還準備了充足的乾糧，比如飯糰、麵包什麼的，大家的背包都塞得滿滿的。他們盡可能多地準備了食物，這樣即便在地底的迷宮裡迷了路，也能夠撐上兩天，而且大家的水壺裡也裝滿了熱水。

到了島上，和老頭約好傍晚時候再來接人，四個人急急忙忙趕到昨天的那個洞穴處。他們搬開大岩石，把從東京帶來的繩索一頭拴在洞穴入口處的岩石一角上，打算牽著這根繩索進洞，以防迷路。

和昨天一樣，明智拿著蠟燭走在前面，小林和不二夫拿著手電筒照明，宮瀨先生緊緊握著登山用的鐵鎬，一行人留意著周圍的動靜，小心翼翼地走進洞穴。

其實，這四個人要是能再謹慎些，探查一下整個小島就好了。這樣，也許他們就不會有那麼可怕的遭遇了。但是，他們一心以為岩屋島就是個無人島，就連明智偵探也疏忽大意了，沒想周全。

你們瞧，當他們走進洞穴的時候，就在那烏鴉岩的陰影裡，不是有一個傢伙在偷窺嗎？

這個人身穿西服，綁著綁腿，鴨舌帽的帽簷壓得很低，遮住了臉。他一動不動地盯著洞穴的入口。

他當然不是本地人，是個從大城市來的遊客。這個男人究竟是從哪裡登島的呢？如果他是今早從長島町出發來島上的，長島町這麼小，那漁夫老頭應該會知道。可漁夫老頭一次也沒有提到有這麼一個客人。

不管怎麼說，這絕對是個可疑人物。難道他神不知鬼不覺地住在這個島上的某個地方？還是說，本地人所懼怕的那個鬼怪的幽魂變作人的樣子，打算要給這四個來島上搗亂的人一點顏色瞧瞧？

看來，似乎有可怕的命運在等待著他們。

也許，在地底深處，會發生一件始料未及的大事件。

—迷路地底—

進入洞穴入口，開頭五、六公尺的通道異常狹窄，四個人匍匐前進，總算勉勉強強地通過了。過了這一段，周圍稍微寬敞了些，道路分為了兩條。

「我們先從右邊走吧，這邊看上去寬敞些。」

說著，明智低頭鑽進了右邊的洞穴。這一段路已經不需要爬行，可以直立行走了。

走了一陣，面前又是歧路，明智還是選了右邊的一條繼續前進。走了大半天，洞穴還是彎彎曲曲地往前延伸著，絲毫看不到盡頭。每隔五、六公尺就會遇到歧路，而且道路起伏不定，一會兒下坡，一會兒上坡……這樣走了五、六十公尺，根本就搞不清現在身處何方。

「這個洞穴簡直深得可怕。到底什麼時候才能走到頭啊？這座島的整個地底該不會都是這樣的洞穴吧？話說回來，我家祖上藏寶貝的地方還真夠複雜的，我覺得完全沒必要嘛。」

宮瀨先生嘟囔著，很是無奈。

「不，不管怎麼說，那是一筆巨額的寶藏。您的祖上這麼小心謹慎也是有道理的。

這可是普通人拼一輩子都不可能賺得到的大數目。為了找到這筆寶藏，付出這麼多辛苦也是應該的。」

明智微笑著說了這麼一番話鼓勵大家。

又走了一段，近得幾乎擦著肩膀的岩壁不見了，他們來到一個像是地下廣場一樣的地方。這片空間極為寬敞空曠，就是拿著手電筒照著，也看不清對面的石壁。明智還是一樣選擇靠右，沿著岩壁前進。不一會兒，走在最後面的宮瀨先生突然「啊！」地發出一聲驚叫，聲音在四方的岩壁間迴響，同樣的叫聲從四面八方傳來，此起彼伏。

「你怎麼了，宮瀨先生？」

走在最前頭的明智大聲問道，他的聲音也帶來一連串的回音，同一句話在黑暗中不斷地重複著。

小林曾經有過類似的經歷，所以並不覺得驚訝，但不二夫卻是第一次聽見回聲，嚇得不輕，臉色煞白，渾身發抖。

想到洞穴的四周可能藏著一群可疑的人在學他們說話，不二夫害怕極了。不二夫的父親到底是怎麼了？怎麼會發出那麼嚇人的叫聲？不二夫連忙把手電筒照向父親那邊。

只見宮瀨先生的身影變得很小很小，他不斷拉扯著落在地上的繩索，眼看著繩索不斷地被收回來，不一會兒就盡數收在宮瀨先生的手裡。

是綁在洞外岩石上的繩結掉了，還是途中的某個地方斷了？回收的繩索分量並不是太多，看來多半是斷在途中了。

這下可麻煩了，當作路標的繩索沒了。搞不好，他們四個人就再也找不到出口，只能如迷途的羔羊一般，永遠在地底的迷宮裡打轉了。

四個人站在原地，好一會兒，誰都沒說出話來。大家都感到似乎有可怕的厄運在等待著自己，心裡充滿恐慌。

過了一會兒，還是明智先開了口：

「這種時候可不能亂了陣腳，我們得慢慢思考接下來該怎麼辦。當然，我們不能往深處走了，要想辦法回到繩索斷掉的地方去，沿著剩下的繩索就能出去了。來，大家注意腳下，原路返回吧。小林，不二夫，你們走的時候要仔細留意地面。」

於是，四個人憑著記憶往回走，仔細看著地面。每個人都彎著腰，把臉湊近地面，就好像在地上尋找很小的東西。

宮瀨先生從不二夫手上拿過手電筒，領頭走在前頭。在他的身後，明智偵探拿著蠟燭，小林和不二夫離得稍遠，他們手牽手，用手電筒照著地面，緩緩前進。

從寬敞的洞穴走回原來狹窄的通道，所有人都忘了同伴的存在，只顧認真地盯著地面。不知不覺，兩個少年與宮瀨先生、明智偵探之間已經隔了很遠的距離。

「咦？爸爸和明智偵探去哪裡了？奇怪。前面一片漆黑啊。」

不二夫似乎受到驚嚇，高聲說道。抬頭一看，目光所及之處早已不見了手電筒的微光和燭光，前前後後都只有濃得像墨汁一樣的黑暗。

「爸爸——」

不二夫大聲喊道，急得快哭出來了。他的喊聲帶著嗡嗡的回音傳向洞穴深處。

「喂——不二夫！你們在哪裡啊——快點過來——」

隱隱約約聽見宮瀨先生的聲音。

「啊，在那邊！」

二人朝著聲音傳來的方向急急忙忙地跑了過去。然而不管怎麼跑，都不見手電筒的光亮和蠟燭的火光。

兩個人拼命地跑著，途中經過了好幾個岔路，可能是他們跑得匆忙，竟朝相反的方向越跑越遠了。

「爸爸——」

「明智先生——」

兩個人齊聲呼喊著，但已經完全聽不到回答了，傳回來的只是自己的回聲。

「真奇怪，是不是我們走錯路了？還是往回走吧。」

「嗯，好吧。」

兩個人的聲音都變了調，口乾舌燥的，心跳快得嚇人。要是再也找不著兩個大人，那可怎麼辦？想到這裡，他們心裡害怕極了。

二人手拉著手，又扭頭往身後跑去。但是不管怎麼跑，還是看不到光。不管怎麼呼喊，也聽不到宮瀨先生和明智偵探的回應。

他們越是跑得焦急，越是往奇形怪狀的岔路裡鑽，到後來，根本連哪裡是前哪裡是後都分不清楚了。

「爸爸——」

「先生——」

他們邊跑邊喊，嗓子都喊啞了，忽然，小林被岩石絆住了腳，一下子摔倒在地。

這一摔，連帶著和他手牽手的不二夫也摔在小林的身上。

「你沒事吧？有沒有摔傷？」

在上頭的不二夫先爬起來，扶起小林，擔心地問。

「嗯，沒事，膝蓋擦破了點皮而已。」

小林忍著疼，好不容易站起身，正準備往前走，忽然眼前一黑，完全看不見了。一直照亮著前路的手電筒的光消失了。

小林納悶，甩了甩摔倒時緊緊握在手裡的手電筒，不知為什麼，一點光也沒有。他把開關來來回回掰了好幾下，又擰緊了螺蓋，卻沒有一點反應。

「你把手電筒給弄丟了嗎？」

只聽不二夫在一旁害怕地問道。

「不是，我拿著呢，可是不亮了。剛剛磕在岩石上，可能摔壞了。」

就連小林也快哭了。

「拿給我瞧瞧，我來試試看。」

不二夫說罷，摸索著接過手電筒，弄了半天，還是沒用。電池應該還沒有用完，肯定是燈泡裡的鎢絲斷了。

「啊，有個好消息。我的背包裡還裝著蠟燭呢！」

小林想起這事，重新燃起了希望，高聲說道。

他們連忙取出蠟燭，擦亮火柴把它點燃。紅紅的火光忽明忽暗的，照亮了兩旁猙獰的岩壁。

借著蠟燭的光，小林少年和不二夫的臉在黑暗中顯現出來，紅紅的火光照著他們的下巴，兩張臉看上去格外詭異。

「你的臉看上去好像鬼啊。」

「你的臉還不是一樣。」

兩個人說著，勉強想笑一笑，但笑容掩飾不住令人脊背發涼的恐懼。

兩個少年終究在這深不見底的地底迷宮裡迷失了方向。宮瀨先生和明智偵探也一定在尋找他們。他們真的能找到彼此嗎？也許在這走散的四個人身上，還將發生更加可怕的事情。

—水！水！—

兩個少年已經完全不知道該往哪個方向走了，但就這麼留在原地，感覺更可怕，於是決定手牽手走一步算一步。

接下來，他們一邊拼命地喊著「先生」、「爸爸」，一邊不顧一切地在一條條岔路間穿梭、徘徊。但是，不管他們怎麼走，還是到不了入口處。也許他們已經朝著和入口相反的方向越走越深了，又或者，這裡是個迷宮，他們在同一個地方不停地兜著圈子。

漸漸地，少年們奔跑的雙腿遲緩了下來。特別是不二夫，他看上去累得不行了，一路上磕磕絆絆，走得搖搖晃晃。

「我說，光這麼悶著頭走也沒用，稍微休息一下，好好想想辦法吧？」

小林畢竟年長一些，意識到這一點後，他拉住了不二夫。

他們看看四周，這裡稍微寬敞點，彷彿一間小屋。一個角上有一塊稍微突出的岩石，兩個少年把蠟燭放在地面上，肩並肩在那塊岩石上坐了下來。

「我都快渴死了，肚子也餓得咕咕叫，不如我們在這裡先吃點東西吧？這種時候著急生氣也沒用，我們得冷靜冷靜。」

小林學著明智偵探的口氣，刻意裝出毫不在乎的表情，試圖鼓舞年幼的不二夫。

「我一點都不餓，我更想快點見到爸爸。」

不二夫只顧著害怕，根本吃不下東西。

「別怕，冷靜下來好好想想，說不定就能找到出口了。沒什麼好怕的，來，你也吃點吧。在這樣的洞穴裡野餐不也挺有趣的嗎？以後和大家說起來，大家肯定會佩服我們的勇氣的！」

小林說著喝了一口水壺裡的水，又從背包裡拿出了一個竹葉包裹，開始大口大口地啃起飯糰來。

不愧是明智偵探的小助手，小林的大膽無畏實在令人讚嘆。當一個人遇上苦難或恐懼之時，才能體現出他的價值。小林身上的亮點，在這地底深處的黑暗中展露無遺。

不二夫受了小林的鼓舞，稍稍打起精神，看著小林啃飯糰那滑稽的樣子，也覺得肚子有些餓了，終於願意學著他的樣子，也從背包裡取出竹葉包裹。

兩個少年就這樣坐在岩石上，三口兩口便把手上的乾糧啃個精光。接著，他們又抱著水壺，咕嚕咕嚕地喝了個痛快。

然而，正當他們喝著水的時候，忽然傳來一陣奇怪的聲響。好像是泉水咕嘟咕嘟往外冒的聲音。絕不是水壺的水聲，這聲音更大，來自更遠的地方。

「喂，你聽見了嗎？那是什麼聲音啊，好奇怪。」

兩個少年面面相覷，都豎起了耳朵。

咕嘟咕嘟的聲音越來越大，緊接著響起「嗡嗡」的轟鳴聲。

「是不是地震了？」

「不對，要是地震了，我們也會跟著晃。這不是地震。」

「那會是什麼啊？啊，響聲越來越大了，我害怕！」

不二夫下意識地抓緊身邊的小林。

這時，轟鳴聲突然之間變成雷鳴般的巨響，轟隆隆——好像有兩個漆黑的怪物從洞穴的兩頭朝著這邊沖了過來……不，不是怪物，是水！鋪天蓋地的巨大水流一下湧進了洞穴裡。借著蠟燭朦朧的火光，水流看上去就像兩個巨大無比渾身漆黑的怪物。

然而，看見它也只是一瞬間的事。一眨眼的工夫，一群黑色的怪物就「唰」的一聲在洞穴裡四散開來，撲滅了地面上的蠟燭。緊接著，又以極大的氣勢朝兩個少年的腳邊襲來。

兩個少年立刻躍上岩石，躲過了水流，但水流帶著可怕的轟鳴聲不斷地朝洞穴中湧來。

蠟燭的火光被澆滅，周圍伸手不見五指。黑暗中，水流「轟隆隆——轟隆隆——」地不斷沖進來，冰涼的水花不停濺到腳上、手上和臉上。

兩個少年站在岩石上，不知不覺間緊緊地抱在一起。這一切太可怕，他們倆已經嚇得說不出話來了，只能用力緊緊地抱住彼此的身體，絕望地呆立在原地。

水流越來越湍急，水面眼看著漲了起來，很快便逼近岩石上兩人的腳邊。他們的腳已經泡在水裡，那冰涼刺骨的感覺透過鞋襪，正一寸一寸地往上爬。

不久，水面已經和他們的膝蓋一般高了。上漲速度實在是驚人。

「不二夫，我明白了，我明白了！這是海水，海水漲潮，潮水就從岩石的縫隙間流進來了。」

即使是在這樣的危急關頭，小林還是轉動腦筋，冷靜地思考著。然後，他忽然明白了這大量的水流究竟來自何方。

和小林想的一樣，這都是海水。海水有漲潮和退潮，漲潮的時候，水面就會抬高。於是高漲的海水從遠處的岩石縫隙間一股腦兒地湧進來了。

既然海水會以這麼快的流速湧進來，那麼這裡應該是比海面低得多的地方。究竟是低多少呢？要是差上兩三公尺，那麼很快水流就會淹到洞頂，灌滿整個洞穴。

雖然現在還只沒到膝蓋，不過要不了多久，水面就會逐漸上升到腰部，然後從腰到腹，再從腹到胸，最後肯定連站也站不穩，兩個人就只能在這墨汁一般漆黑的水裡游泳了。

不過不管怎麼游，他們都沒法逃離這個洞穴。洞穴兩頭都比海面要低上許多，即便潛游過去，也沒法堅持游到沒水的地方。

啊，這兩個少年的命運將會如何？難道他們會溺死在這個漆黑可怕的洞穴裡嗎？難道我們就再也見不到勇敢的小林和可愛的不二夫了嗎？

—生死關頭—

四周只能聽見水流翻滾轟鳴的聲音。兩個少年已經無法動彈了，只能盡可能地緊緊抱住對方，縮成一團。

淹到腳邊的水流轉眼之間便漫上了他們的膝蓋，現在已經漫過短褲，爬上了腰部。這時候，已經聽不見從洞穴兩頭湧進來的水聲了，這樣反而更讓人心裡發毛。沒了聲音，絕不是因為水已經停止湧入，而是表明水面高過了海水流進來的地方。

黑暗中，每一秒水面都在無聲地上漲，沿著相互擁抱的兩個少年的身體一寸一寸地往上攀爬。他們的腰已經完全浸在水裡了，接著，腹部開始覺得冰涼，沒過多久，漆黑的水面甚至淹沒過他們的胸口。

兩個人的身體在水中搖搖晃晃，眼看就快站不住了。

「你會游泳嗎？」

小林少年從喉嚨裡擠出些聲音，問不二夫。

「嗯，會游……可要是水淹到洞頂該怎麼辦？我們不是無法呼吸了嗎？」

這是最令人擔心的事。這個小屋似的地方雖然洞頂比較高，但再怎麼高，只要它低於海平面，這個洞穴就會被海水填滿。一旦如此，他們倆就無法呼吸，只能溺死在水中了。

「不二夫，明智先生平時總是教導我，萬一遇上生命危險，即使覺得沒什麼生還的希望，也要努力堅持到最後一秒，決不能放棄，哪怕只能讓局面好轉一丁點，也要盡全力去做力所能及的一切。

這就是和命運抗爭。決不能不戰而敗！所以，你不可以喪失希望，一定要堅持到最後一刻！來，我們游起來吧！一直游，一直游，和這些水比比，看誰能笑到最後。」

真不愧是明智偵探的小助手，小林抱著堅定的決心，鼓勵著比自己年幼的不二夫。

不二夫聽了這番鏗鏘有力的話，也打起了幾分精神。接著，兩個人就手牽著手，在漆黑冰冷的水中直著身子划起水來。

只要浮在水面上就可以了，所以也不用費什麼體力，只是地底本來就冷，還浸泡在水裡，這種冰冷刺骨的感覺簡直難以形容。幸好現在是春末夏初，天氣相對溫暖，海水也不算太冷，要是寒冬臘月，兩個少年肯定早就凍死在這裡了。

「不二夫，加油！下腹用力，沉住氣！我們游著游著海水就會退潮的，這麼一來，水就不會流進來了，而且這裡的積水會從岩石的縫隙間流出去。我們只要一直奮力游就行了！」

小林在黑暗中不斷地鼓勵不二夫。

「我是不是眼睛瞎了呀？怎麼什麼都看不見？你能看見嗎？」

不二夫一邊游著一邊膽怯地問。

「我也什麼都看不見。眼睛瞎了，也許就是這個感覺吧。」

真的，簡直跟失明沒什麼兩樣。他們只能聽見聲響，感覺到水的寒冷和彼此緊握的手。

各位讀者，請你們閉上眼睛，想像一下這兩個少年的處境。沒有什麼比他們現在的遭遇更令人感到孤獨、不安和恐懼了。

沒過多久，不二夫帶著哭腔說道：

「我說，水是不是又變多了啊？」

「嗯，看來還沒退潮呢。我潛下去看看。」

小林倒還是那麼精神抖擻。

「不要吧，不要放開我的手！」

不二夫深怕在這一片漆黑之中，一旦放開手，可能就會和小林分散，再也找不到彼此了。

「沒關係，我就潛下去一會兒。」

小林話音剛落，便放開了手，一翻身潛入了水底。

不二夫聽著水響，心裡異常慌亂，就算喊他的名字，水下的小林肯定也聽不到，所以不二夫拼命忍住不出聲，豎著耳朵等著小林的動靜。雖然只過去了三四十秒鐘，但對不二夫來說，卻是如此漫長。

過了一會兒，水面嘩啦嘩啦終於有了動靜，只聽「噗」的一聲，然後傳來了小林的叫聲：

「哇，好深，這水真是太深了，起碼有兩公尺。水還在不斷地湧進來。」

「啊？還在湧進來？」

不二夫失望極了。不，不只是失望，他又開始擔心了：等水淹到洞穴的頂部，就沒法呼吸了。這個恐怖的想法一點一點地在他的腦中復甦。

不二夫不知該不該說出這個想法，正猶豫著，卻聽見小林驚訝的叫聲：

「咦？太奇怪了，我說，不二夫，水開始流動了！我們正被水帶著走呢！你能感覺到嗎？你看，水是不是一直在往一個方向流？」

聽他這麼一說，不二夫稍一留意，發現水面確實忽然急速流動起來。

「啊，真的！是不是退潮了？」

不二夫也大聲喊了起來。

「不是不是，我剛剛才潛下去查看過，水還在大量湧進來呢。真是怪了，到底是怎麼回事呢？」

這奇怪的水流究竟是怎麼回事，這下就連小林也想不明白，總覺得狀況有些詭異。水流確實是朝著一個方向在流動，勢頭還很強勁。於是，兩個人再一次手牽手嘗試向反方向游動以免被沖走，終究還是無濟於事。他們無法對抗又急又快的水流。

這種感覺，與其說是隨波逐流，不如說是被吸過去似的。水流從四面八方湧來，朝著一個方向被吸了過去。

這到底是怎麼一回事呢？究竟是什麼東西有著如此巨大的力量，把水都吸過去呢？兩個少年同時想到了一個巨大的黑色怪物。那怪物正張開它的血盆大口，要把這洞穴裡的水一口吞下去。這個念頭讓兩個少年不禁渾身顫抖起來。

—寶藏洞穴—

在橫豎才五公尺左右的狹窄洞穴之中朝著一個方向漂，一轉眼就會撞上岩壁。然而不可思議的是，兩個少年在黑暗中被水沖得橫衝直撞，卻一次也沒撞上岩石。洞穴不可能忽然就變寬了，這事實在有點匪夷所思。

兩個少年在水中奮力掙扎著，不久，他們發現自己的手腳似乎觸碰到了什麼硬物。小林立刻在水中作爬行狀，一邊用力嘗試站起來。結果你猜怎麼著？水才到大腿附近，居然可以站直了。

「不二夫，水好淺！水好淺！沒事了，你站起來試試，能站起來了。」

受到鼓舞，不二夫也站起身來。水還是朝一個方向不停地流動，但不至於沖得人站不住腳。兩個人一站起來，就下意識地伸出手摸索周圍，發現兩邊都能摸到岩壁。

「啊，我明白了！這裡是一條可以避難的通道！岩石在這麼高的地方裂出這麼一條縫，水就從這裡流進來了。」

小林大聲說道。

「對呀！我們得救了！」

不二夫的聲音聽上去異常開心。

在離洞頂很近的地方，居然有一條意想不到的通道，而充滿整個洞穴的水正是流向了這裡。水流不但沒有將少年們淹死，反而救了他們一命。

但是，現在還不是鬆口氣的時候。因為，如果這個通道是條死路，那水流還是會逐漸把這裡淹沒的。

「哦，對了！我把火柴保存得很好，現在可以派上用場了。你知道嗎？不二夫，我為了不弄溼火柴，把它放進空糖果罐，塞在衣服口袋裡了。」

小林少年一臉自豪地從溼透的衣服口袋裡拿出空糖果罐，揭開了蓋子。

只聽咻的一聲，一瞬間，眼前就像白晝一樣明亮了。對於已經習慣了黑暗的眼睛來說，一根火柴的光亮得刺眼。

兩人迅速看了看四周，發現這個通道雖然越往前越窄小，但顯然不是死路一條。

「我們去那邊看看吧。」

小林丟掉燃盡的火柴，朝洞穴的深處走去。不二夫則跟在他的身後。

他倆踩著水流艱難行進了五公尺左右，洞穴忽然變得異常狹窄，要彎腰才能勉強通過。他們在這狹窄的通道裡又摸索著前進了兩公尺左右，忽然兩邊的岩壁消失了。

他們來到一個十分寬敞的地方。

小林少年在此停下腳步，再一次劃亮一根火柴，發現這裡是個巨大的洞窟，比剛才的洞穴寬廣了不知多少。

「不二夫，我們得救啦！海水再怎麼湧進來，也不可能把這麼寬大的洞窟全都淹沒了。」

看看腳下，水只漫過腳踝，而且流速也慢了許多。

「幸好我們游出來了。多虧你鼓勵我啊！」

不二夫激動地緊緊握住小林的手。

二人在這寬闊的洞窟裡四處張望，就在火柴即將熄滅的一瞬間，不二夫忽然驚叫了起來：

「啊！好像有什麼東西！你快看，那邊有奇怪的東西！」

「啊？哪裡？」

等小林回頭時，火柴已經熄滅了，於是小林又點了根火柴，朝不二夫指的方向照過去。

因為距離很遠，所以看不大清楚，不過那似乎並不是岩石，好像是很多四方形的東西雜亂地堆在一起。

於是兩個人快步走向那堆奇怪的東西。中途火柴再次熄滅，小林只能再點一根。走到了近前，借著火光仔細一看，那果然不是岩石，而是數不清的木箱，堆成了一座山。

這些木箱形狀扁平，十分結實，箱蓋和箱體的銜接處釘著一圈黑色的鐵製護圍。

「啊，這不是古代的寶箱嗎？」

不二夫大聲嚷嚷起來。

「嗯，的確，和寶箱一模一樣。啊！就是它！就是它了！你家的祖先藏起來的金山，就是它了！」

小林也因為這個意外的大發現而得意地嚷嚷起來。

真要說起來，這些箱子比以前的寶箱大多了。不過這兩個少年還沒有注意到這一點。

接下來，二人擦亮好幾根火柴，入迷地來回觀察著這座木箱堆砌而成的壯觀的「小山」。不一會兒，又是不二夫高聲叫道：

「喂，你快看哪！看這裡！你瞧，箱子破了！裡面的東西閃閃發光呢……」

小林把火柴拿近一些，發現腳邊有個箱子的蓋子上有條裂縫，可以看見裡面的金燦燦的東西。

「啊，是以前的金幣！」

小林伸出手指，好不容易從那個細小的縫隙裡伸進去，掏出四五枚金幣，又點燃火柴。兩個少年把臉湊到一塊，仔細地端詳。

「真美啊……因為是金子，所以一點都沒有生鏽。」

「就是啊……說起明治維新，那已經是七十多年前的事了。這麼多金子，在這七十年裡竟然神不知鬼不覺地藏在這裡。」

「這些箱子裡到底裝了多少金幣啊？是不是有一千枚？」

「何止呀。你看，裡面塞得這麼滿，兩千枚恐怕都有。還不只是金幣，其他的箱子裡，一定有更大的，比如金棒、金磚什麼的。」

「這些箱子總共有多少個呀？」

「數數看吧。」

兩個少年渾然忘記了周圍的一切，又點燃好幾根火柴，數起箱子的個數。可箱子實在太多，根本沒法數清。

「算了吧，再數下去火柴就要沒了。與其數箱子，我們更應該想想該怎麼從這裡出去。就算找到了金子，要是出不去，那也是白搭。」

小林忽然意識到這一點，不再點燃火柴了。確實如此，雖然他們找到了寶藏，可要是和寶藏一塊餓死在這，的確是毫無意義。

「你說得對。也不知道爸爸和明智先生現在在哪裡呢？」

不二夫的口氣聽上去十分落寞。

周圍又恢復了如同抹了墨汁一般的黑暗。兩個少年在黑暗中呆呆地站著，他們已經沒有力氣說話了。「要是永遠無法從這地底迷宮逃出去的話……」一想到這一點，找到金子的喜悅也不見了蹤影。

他們倆正默默地站著，就在這時，突然不知從哪裡射來一道閃電般強烈的光線，從眼前一閃而過，照射到對面的岩壁上。

兩個人嚇了一大跳，下意識地緊緊靠在一起，彼此緊握住對方的手。他們都被這道叫人措手不及的閃光驚得說不出話來。

緊接著，那青白的光亮又沿著岩壁不停地快速移動起來。

「哦，我知道了！那是手電筒的光！」

小林少年猛地拉過不二夫的手，小聲說道。

「哦，對啊！是手電筒！難不成是……」

不二夫心中充滿期待，小聲地反問道。

的確如二人所料，這是手電筒的光。這寬廣洞穴另一邊的入口處，有人打著手電筒，正朝這邊靠近。

不二夫馬上想到，這支手電筒的主人會不會就是宮瀨先生和明智偵探。小林的想法也是一樣。「真是太巧了，我們正好找到了寶藏，他們兩個大人就找過來了，簡直太幸運了！」他們興奮無比，拔腿朝那個方向跑去。

—蒙面首領—

然而，此時此刻正準備邁開步子的兩個少年的耳朵，卻捕捉到一個奇怪的聲音，一個完全沒有料到的、陌生的聲音。

「嘿嘿嘿……一切順利。那四個愚蠢的傢伙，現在肯定迷了路，正愁眉苦臉呢。」

「是啊，這幫傢伙運氣太差。寶貝就藏在這麼近的地方，他們竟然渾然不知，還跑去別的地方迷了路。就算是鼎鼎大名的大偵探，這回恐怕也沒這麼走運了。咱們切斷了繩子，他們沒辦法從這洞穴裡走出去了。嘿嘿嘿……活該！」

「沒想到居然會這麼順利。一路跟蹤那幫傢伙，偷偷摸進這個洞穴裡，居然沒一會兒工夫就撞上了這一堆寶箱，看來幸運之神站在我們這邊嘛。」

「哈哈哈哈……說不定不是什麼幸運之神，而是承蒙住在岩屋島上的鬼怪保佑吧！不管怎麼說，首領您真是運氣好得驚人啊。」

高聲談論著的不只一兩個人，聽上去似乎是四、五個粗野的男人。

兩個少年聽了這段對話，猛地縮回了身子。剛剛滿心以為來者是自己人，看來並非如此，分明是可怕的敵人！

聽話裡的意思，他們為了奪取大金塊，一路跟蹤他們四人，而切斷路標繩也是這幫傢伙幹的好事。正當四個人在不同的岔路裡走散迷失方向的時候，這幫傢伙居然走了狗屎運，找到正確路線，尋得了寶藏。他們肯定是為了搬運寶藏，出去叫來了足夠的人手。

要是被這幫傢伙發現可就不妙了。讓歹徒知道他們是明智偵探的同伴，後果不堪設想。

小林少年一聲不吭，猛地拉起不二夫就往剛才那個狹窄的洞穴裡跑。那個狹窄洞穴裡有海水灌進來，越往裡走水越深，但現在已經沒時間計較這些了。兩個人不得不再次躺進齊膝的冰冷海水之中。

緊接著，他們從洞穴的深處偷偷往外瞄，只見那幫粗魯的男人已經聚在成堆的寶箱前，正準備把它們往外搬。

一數人數，他們一行五人。每個人都是滿臉橫肉，看上去力氣甚大，其中還有一人身形矮小，穿著一身奇怪的黑衣服，看來就是那些歹徒們的首領。

不一會兒，其中一人開始行動，他手中的手電筒順勢照在首領臉上。可光線照亮的卻並不是人的臉，而是一副難以形容的奇怪面孔。那是個滿臉漆黑的怪物，眼睛和嘴的地方好像開了三個洞，泛著點兒白，其餘部分都是黑的，耳朵鼻子什麼的全都看不見。

小林一看，嚇了一跳，很快他就明白了，這個小個子是比鬼怪更加可怕的人。他並不是滿臉漆黑，而是戴著黑面罩。黑布上只有眼睛和嘴的位置開了小洞。

各位讀者，你們應該明白了吧？這是一個女人，是把小林囚禁在地下室的那幫歹徒的女首領。無論是那一身酷似俄式襯衣的黑衣服，還是那張面罩，都和地下室的女首領分毫不差。

哦！這些歹徒多麼執著！沒能偷出暗碼，這回他們又換了新招，暗地裡跟蹤探險隊，大老遠從東京來到這裡，企圖奪取大金塊。

想到這，小林不得不承認，歹徒的執著簡直令人髮指。眼前發生的一切就像是一場可怕的惡夢，令人難以置信。

「嘿咻……還真沉。就憑那艘小船，也沒法一次運完這麼多箱子啊。」

一個男人扛起一個寶箱，對首領說道。

「嗯，恐怕只能運三分之一吧。用船運到那個地方，再折回來。不管怎麼說這可是一大筆財富啊，無論費多大的工夫，都是值得的。你們幾個從今天起也都是大富豪了。」

蒙面首領用男人的嗓音激勵著一眾部下。看來這幫部下都還不知道首領其實是個女人。普天下知道這個祕密的也許就只有小林一個人吧。

「嘿嘿嘿……我們都是大富豪了！就跟做夢一樣。」

「這要是個夢，我都不想醒了！哈哈，整個世界都變得有趣起來了。我說，首領，我們做了那麼多的壞事，像這次這麼大的活兒，恐怕也就這一回了吧？」

「喂喂，別在這傻笑了，還不快搬！搬空之前，誰都不能掉以輕心！誰知道會不會節外生枝？」

幾個男人一邊閒聊，一邊扛著寶箱走出了洞穴。蒙面首領拿著手電筒監視著部下的行動，走在最後面。

不一會兒，歹徒的說話聲和腳步聲都聽不到了，手電筒的光線也消失了，洞穴裡又恢復了伸手不見五指的黑暗。

照他們的對話推測，這幫歹徒肯定是把船停在岩屋島上的某個地方，然後悄悄上了岸。現在他們準備把剛才那些寶箱搬到那艘船上去，再折回來，如此往返數次，能裝多少箱就裝多少箱。

小林見一眾歹徒離開了，便把事情的原委和不二夫詳細地說了一遍，然後兩個人手牽手從藏身的地方鑽了出來。歷盡千辛萬苦才發現這些寶藏，沒想到轉眼間就要被歹徒們搶奪一空，心裡實在是說不出的難受。

可是對方人多勢眾，就憑兩個孩子的力量，哪裡對付得了？唉！要是明智先生在就好了！小林和不二夫心中連連叫苦，怎麼就這麼倒霉呢？真是想想都要哭了！

「我們光在這裡發愁也不管用啊。乾脆跟在那幫人後頭，過去看看情況如何？說不定能想出什麼好主意。」

「嗯，就這麼辦。聽他們剛才說的，洞穴的入口應該就在附近吧。」

兩個少年悄悄商量著，點燃一根火柴看清方位，便小心翼翼地跟在歹徒後頭。

洞穴裡的道路忽左忽右，越走越窄，最後窄得無法行走了，只能爬行，又前進了一段，走進一條稍寬敞的道路，有微弱的光線從某處照進來，周圍似乎明亮了一些。

「啊，你瞧，離入口應該很近了！有光從洞穴的入口照進來了！」

外面還是大白天，所以現在還不能貿然前進。要是被歹徒發現了，誰也不知道會遭遇什麼。

「你快看，這裡的道路分成了兩條。這就是最初的岔路口。我們之前進了那條寬敞的通道，才會像現在這麼倒霉。要是那個時候我們走了這條狹窄的通道，就能比歹徒先一步發現金子了！真是太可惜了！」

「啊，對了！那我們豈不是繞了一大圈，又繞回來了？」

兩個人都覺得眼前的岩石有些眼熟。仔細想想，在這個岔路口做了這麼一個小小的選擇，竟然能讓結局如此不同。

「我們再往前走一點吧？」

不二夫說著，開始往光亮照進來的地方移動，小林跟在他後面。他們都太想念地面的陽光了。

然而，他們剛往前走了五六步，突然，身後的黑暗中一道青白的光線猛地照了過來！這奇怪的光線打在岩石上來回晃動，兩個少年嚇了一跳，連忙往身後望去。

這時，漆黑一片的洞穴深處有兩個如同怪物眼睛一樣的刺眼光團正朝這邊逼了過來，那是手電筒的光。有人打著手電筒，正從寬敞的那一條岔路走過來。

兩個少年一見此番光景，驚得愣在原地，動彈不得。

肯定是歹徒的部下。那個蒙面首領心思縝密，一定是在這裡也安排了人看守，而自己竟然渾然不覺，還大搖大擺地送上門去，簡直是太大意了！如今已經沒有退路，也無處藏身了。

唉，兩個少年最後還是落在壞人的手上。才剛從水災裡逃出來，居然又陷入如此危險的境地，怎麼就這麼倒霉呢？難不成神明拋棄了正直的人們，反而做了惡人的幫凶嗎？還有沒有天理了？這麼一來，小林和不二夫，豈不是太可憐了嗎？

─最後的勝利─

兩個少年嚇得站在原地，緊緊挨著對方，握著彼此的手，心都提到喉嚨了。他倆就像被毒蛇盯上的可憐青蛙，連逃跑的力氣都沒有了。說起來，黑暗之中手電筒的光亮，不正是大毒蛇的眼睛嗎？

那毒蛇的眼睛正發出刺眼的光芒，一點一點地朝這邊逼近呢！啊……這下玩完了！他們終於還是被抓住了！

小林和不二夫都做好了心理準備，雖然嘴上沒說話，但都在緊握著對方的手上加了些力道，當作是最後的道別。

然而，就在關鍵時刻，誰也預料不到的事情發生了。

「哦！不二夫！這不是不二夫嗎？」

「啊，果然沒錯，是小林吧？」

突然，從毒蛇的眼睛後面傳來了這樣的呼喊聲。

實在是太意外了！對這兩個少年來說，這簡直是能讓他們的靈魂都歡騰起來的美好意外！來者不是歹徒，不僅不是歹徒，還是最值得信任的同伴，是他們一直在苦苦尋找的明智偵探和宮瀨先生！

兩個少年的口中迸發出難以形容的歡呼，緊接著，小林和不二夫分別朝著明智先生和宮瀨先生的胸口不顧一切地撲了過去。

先生和徒弟，父親和兒子，在這一片黑暗之中，緊緊地擁抱在一起，很長時間，誰都沒有說出話來。過了一會兒，響起一陣急促的抽泣聲，是不二夫喜極而泣了。

事後問起才知道，明智偵探和宮瀨先生為了找尋兩個少年的蹤跡，在地底的迷宮裡徘徊了很長時間，最後不知不覺就繞到了洞穴入口。剛好這個時候和小林他們遇上了，這簡直是太幸運了！果然神明還是沒有拋棄正直的人們！正所謂壞人總有一天會迎來毀滅，而正義之士總有一天會獲得幸福。

然而，現在還不能沉浸在快樂裡，不知道那幫歹徒什麼時候會回來。小林想到了這一點，於是簡潔明瞭地把事情的經過跟明智偵探和宮瀨先生講了一遍。

二人聽了小林的敘述，自是免不了驚訝一番。

「哈哈！居然又被你們搶了大功啊！面對那麼可怕的海浪，你們一點也沒氣餒，還找到這些金子，多虧了你們的勇敢呀！太了不起了！特別是不二夫，你做得很好！」

見明智誇獎年幼的不二夫，宮瀨先生連忙說這都是小林的功勞，把明智偵探的小助手大大地誇獎了一番。

「那幫歹徒正準備搶奪這些金幣，他們打算用船把它們運到別處去。先生，能不能想想辦法，把他們都抓住呀？」

小林最關心的是這件事。

「這你大可放心，我剛好想到了一條妙計。不管對方有多少人，我一定能抓住他們。宮瀨先生，您放心，您祖先留下的金幣，一枚都不會讓歹徒得手的。現在趁歹徒還沒回來，我們趕快出去吧。」

明智偵探似乎胸有成竹，一番話說得十分篤定，隨後他便帶頭朝洞穴的入口走去。

接下來，四個人從狹窄的入口爬出去，回到了久違的陽光照耀下的地表。現在已是傍晚時分了，算一算，他們從中午開始，已經在地底的黑暗中徘徊了六七個小時。

明智偵探稍微環顧一下四周，發現在離洞穴入口二十公尺左右的地方有一塊巨大的岩石，便帶著一行人躲到那塊岩石的陰影裡。

接下來，四個人等著歹徒們回來搬運那些寶箱。從岩石後偷瞄一眼，只見毫不知情的一伙歹徒正由蒙面首領帶著，不知從哪裡冒了出來，朝洞穴裡走了進去。

明智偵探看著最後一個歹徒消失在洞中，便催促眾人：「快，趁現在！」然後急忙奔向洞穴入口。

各位讀者，你們一定還記得，他們四個人剛到這個地方的時候，發現洞口被一塊巨大的岩石給封住了吧？那塊巨大的岩石就躺在入口旁邊。明智偵探徑直走了過去，雙手抱住那塊巨大的岩石，悄聲向眾人發出指示：

「來，大伙兒齊心協力，把洞口封回去。」

光靠一個人沒法搬動這塊岩石，但四個人一塊使勁，很快，便嚴嚴實實地把洞口給封上了。

多棒的主意啊！一招致勝，不用和歹徒搏鬥，也不需要用繩子綁他們，只用區區一塊岩石，就輕輕鬆鬆地把五個人給關了個徹底。真不愧是大偵探呀！

「小林，你知道嗎？這其實是個理科問題。只要這樣封住洞口，他們從裡面是無法推開這塊岩石的。因為洞穴的入口處狹窄得無法直立行走，想從裡面推開岩石，一個人是做不到的。」

明智偵探解釋道。原來如此，在洞穴的外頭，四個人可以一起使勁移動這塊巨大的岩石，而在洞穴裡頭，不管人再多，能去推岩石的只有一個人，所以根本不可能推得動。

「現在我們坐歹徒的船回長島町。逮捕歹徒的事，拜托長島町的員警就行了，連看守都不用留下。就算他們推開了岩石，沒有船也無計可施。這裡距離長島町那麼遠，他們總不能游回去吧？」

四個人不用等漁夫的小船來接，奪了歹徒的船就能回鎮上去了。而且，這麼一來，這幫歹徒休想逃出這小島一步。

歹徒的船很容易就被找到了。在探險隊登陸的另一頭，拴著一艘高級汽艇。船身通體雪白，還有客艙，船頭用漂亮的羅馬字寫著「海鷗號」。

因為擔心船裡還留有歹徒的部下，眾人小心翼翼地接近汽艇，結果客艙和機艙裡都空空如也，一個人影都沒有。一定是那幫歹徒想要盡早把寶箱都搬上船，所以全體總動員，都去洞穴裡了。

就這樣，四個人乘上漂亮的「海鷗號」。明智偵探在機艙內查看一番，立刻開動了汽艇。身為大偵探，這些技術也是不在話下的。

汽艇駛離岸邊，行駛在蔚藍的海面上，以極快的速度朝著遠方的長島町揚長而去。

在萬里晴空的盡頭，掛著火紅的晚霞。海風清爽溫暖，發動機的響聲如音樂般悅耳動聽。在乘風破浪如箭一般飛馳的海鷗號船頭上，小林、宮瀨兩個少年站在那裡，互相摟著肩膀，眺望著遠處的海岸。兩個人一會兒高聲歌唱，一會兒吹起口哨，臉頰被夕陽映得通紅，煥發出希望。

不用說，以蒙面首領為首的幾個歹徒當天就被長島町的員警給逮捕了。隨後，蒙面首領其實是個美麗的女人這件事也得到了證實。經調查，這個女賊最近幾年流竄於東京、大阪等地，犯下不少罪行。

在日本全國的大小報紙上，這起重大案件占領了社會版一半的版面：埋藏在無人島地底價值連城的大金塊；世間難得一見的女盜賊；大偵探明智小五郎和兩個可愛少年的冒險故事。

宮瀨先生當然是把到手的金幣和金塊盡數上交給國庫，國庫一下子充實了不少，政府的感謝和國民的喜悅之情自然是說不盡道不完。政府高官甚至專程把宮瀨先生叫到官邸裡，鄭重地向他道謝呢。

作為答謝，宮瀨先生從政府那裡得到了一大筆錢，但他沒有獨享，而是打算全部用來建學校和醫院，為社會做些貢獻。

大偵探明智小五郎經過這一事件，更是聲名遠揚，而世間對宮瀨先生的讚譽，則是在他之上。

然而，比起這兩個大人的功績，更讓世人眼前一亮的，是小林和不二夫那讓人手心捏汗的冒險故事。無論是找到大金塊，還是抓住那幫歹徒，其實都是他倆拼上性命換來的成果。一夜之間，小林和宮瀨兩個少年的名字傳遍了日本全國的每一個角落。

少年偵探團系列

推理文學巨擘江戶川亂步經典作品——《少年偵探團》系列重磅登場！與《怪盜二十面相》正面交鋒；看《少年偵探團》勇於冒險、抽絲剝繭；跟蹤《妖怪博士》、發現重大秘密，再多的危機與謎團，機智的名偵探與少年偵探們總是有辦法！為孩子們寫的推理小說，跟著亂步，當個臨危不亂的小偵探！

怪盜二十面相

江戶川亂步 著　譚一珂 譯

離家十多年的羽柴壯一突然來信告知家人自己要回國，同時羽柴家收到怪盜二十面相即將來偷盜寶石的預告信。羽柴一家一方面期待許久不見的壯一回來，一方面又對怪盜二十面相的犯罪預告惴惴不安。沒想到寶石仍舊被偷走了。羽柴家向鼎鼎大名的偵探明智小五郎尋求協助，接著竟衍生出一連串意想不到的發展。亂步以明智小五郎以及助手小林的互動，帶領讀者推理故事的情節，並給予少年小林大篇幅的描寫，兒童的機智與勇敢在作品中充分被呈現。

少年偵探團

江戶川亂步 著　曹藝 譯

東京都裡出現了一個渾身黑的怪物，黑暗中會咧開嘴陰森的笑，人們稱他為「黑魔」。黑魔已經陸續拐走幾個五歲的女童，卻又像是抓錯人般的中途放了他們。這些受害者遭到黑魔襲擊的地方，都在篠崎——少年偵探團成員之一的住家附近，篠崎的妹妹似乎也被盯上，更進一步得知家中有個寶石也許就是黑魔的目標！

為了保護妹妹與寶物，篠崎與少年偵探團正式向黑魔宣戰，有了名偵探明智小五郎的協助，神秘的黑魔與寶石的祕密即將被解開。

妖怪博士

江戶川亂步 著　徐奕 譯

少年偵探團成員泰二偶然跟蹤了一個形跡詭異的老人，沒想到竟一步步掉進老人的陷阱。老人自稱「蛭田博士」，他將泰二催眠後命令他回家偷出有關國家機密的文件，更將泰二拐走。此外，蛭田博士更綁架了少年偵探團的其他孩子，邪惡的力量正一步步侵蝕著少年偵探團，究竟蛭田博士的陰謀是什麼？大偵探明智小五郎親自出馬，拯救被妖怪博士折磨的孩子們，更進一步揭開妖怪博士的真面目。

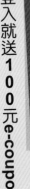

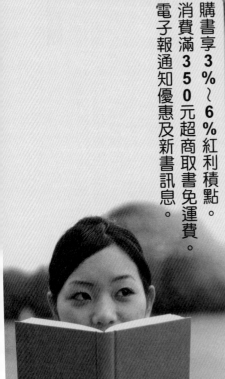